W0399035

Le dernier mot

De la même autrice

Une femme sans qualités, Albin Michel, 2009.
La Vie adulte, Albin Michel, 2010.
Et devant moi la liberté, Flammarion, 2019.
Ça va, cher Karl ?, avec Sébastien Jondeau, Flammarion, 2021.

Virginie Mouzat

Le dernier mot

roman

Flammarion

ISBN : 978-2-0802-9272-8

À E. et F.
Et puis à elle aussi…

0

On se parlait comment ?
Je ne m'en souviens pas.
Je te disais quoi ?
Je ne m'en souviens pas.
On ne parlait pas.
On criait.

Une fois, je t'ai prise en photo, à la volée. Tu détestais être photographiée. Je suis arrivée derrière toi en silence, j'ai préparé l'appareil photo, j'ai cadré un peu au hasard, à hauteur de ton visage. Maman ? Tu t'es retournée et j'ai déclenché. Ça, je m'en souviens, de ton visage à ce moment-là. Il disait non. Quoi ? Quoi encore ? J'ai quatorze ans peut-être. Tu te retournes et je prends cette image de force. Qu'est-ce que tu veux ? Tu ne prononces pas ces mots mais tout ton corps, ton visage l'expriment. Qu'est-ce que je cherche à cet instant ? Te fixer. Pour le reste, c'est flou. Je t'ai souvent détestée, maudite, accablée sans me rendre compte que ma colère n'était que l'écho de la tienne. Une rage partagée. C'était notre façon de nous connaître, de dialoguer. C'était fatigant. Ça t'a usée, plus que moi. C'était ta langue maternelle. J'en ai appris d'autres. Devoir m'en sortir est devenu mon urgence. Vouloir y rester a été ta posture. C'est le reniement de toi-même qui t'apaise. Cela me prendra des années pour comprendre que tu trouves ça confortable. « Confortable », un mot insensé en ce qui te concerne. Si je dis que tu as préféré ne pas te laisser d'autre choix, est-ce que ça te convient ? En dehors de fuir pour vivre, je n'ai que très peu de moyens à ma disposition pour t'interpréter. Un jour, tu dormais, à moins que ce soit une de tes migraines, je me suis dirigée vers ta chambre en silence, en secret, un couteau à la main. Je l'avais pris dans le tiroir de la cuisine, à gauche de l'évier, un couteau d'office qui sert à tout, petit, pointu, tranchant. Je voulais en finir. Je suis restée face à ton corps allongé, devant ton visage, un mouchoir sur tes yeux. Ça a lieu peut-être au même âge que celui où je vole ton image. Je suis restée là, couteau en main, dans cette chambre silencieuse. Il ne s'est rien passé de magique, personne qui entre dans cette pièce et me dérange ni toi qui retires d'un coup le mouchoir et me surprends, rien de cet ordre. Juste moi qui suis incapable de mettre en œuvre mon envie. Ce sont des pensées classiques qui m'en empêchent. La culpabilité, la peur, la prison, la raison, des choses pratiques comme où frapper pour que ce soit fatal en un coup. Il n'y a pas de voix intérieures qui me parlent et me poussent, il n'y a pas de folie telle que je m'exécute. Je repars vers la cuisine, range le couteau à sa place. Tu m'insupportes, pourtant je viens de te sauver d'un accident. Je ne te l'avouerai jamais. Il me faudra du temps pour attribuer à ta tension, au fait qu'un soir à mes dix-sept ans tu me traites de putain, et à d'autres choses du même ordre, pour attribuer à tout ça donc, le statut de formalités. Ce n'est rien. Ce sont juste des idiomes, les seuls à ta portée pour verbaliser ce que tu crains et ce que tu envies. Pour me dire que tu enrages. Moi je traduis la furie qui t'habite à travers des maladies que je développe, dans des cours de dessin, de théâtre, en mots dans des rédactions en classe, rien que du banal. Jusqu'au jour où je décide de rompre avec ça et partir, quitter ta maison, et transporter ailleurs ce volcan qui couve. Toi tu restes sur place, tu fermentes. Tu piétines. Tu vas exploser. À distance, je t'observe. Tu m'atteins encore. Je t'ai tourné le dos, j'ai cherché par tous les moyens à ne plus être ta fille, il le fallait. Tu t'étais déjà engagée depuis longtemps à ne plus être toi-même.

Pourquoi je t'écris aujourd'hui ? Je ne sais pas. Si je sais, enfin disons qu'une des raisons est que je rencontre dans ma vie des colères karmiques, des rages qui appartiennent à d'autres et que j'aimante malgré moi. Tu en es la source, une lave éteinte qui brûle encore. Je ne te reproche rien. J'y reconnais les traces d'une furie familière, ta lecture du monde. Elle provient d'un passé qui n'est plus le mien. Il y a une race d'êtres humains chez qui l'apaisement trahit leur raison d'être. Vous êtes de la même famille eux et toi. T'écrire pour t'éteindre, te vaincre. Si c'était ça le but, une étreinte, t'offrir une chance, je ne veux pas écrire une forme de paix parce que ça sonne christique. M'adresser à toi plutôt qu'à ta violence, c'est reprendre cette photo obtenue autrefois sans ton consentement.

S'il te plaît, retourne-toi. Écoute-moi.

1

Ce 3 avril, j'ai peut-être croisé mon père dans Paris.
Pas loin du couple qu'il forme avec la femme dont il s'est épris.

2

Elle a attendu. Quelques jours. Quelque chose de lumineux. Peut-être a-t-elle guetté un certain courage, une ouverture. Elle a mûri son projet, a prémédité ce coup fatal porté à l'ennui, à la lassitude, au silence. Ma mère a préféré qu'il s'en aille pour être tranquille, pour être enfin libre. Elle a attendu qu'il se taise. Au seuil de cette journée, elle a entendu l'appel. C'était un projet ambitieux. Les gelées de mars avaient cédé à avril. En ce début de mois, on gagne au change. La colère des jours de bourrasques s'éloigne. Des traces d'hiver subsistent à l'ombre des sous-bois. Dans leur lit de feuilles et d'écorces décomposées s'abritent les petits des chevreuils, leurs jeunes jambes repliées sous eux. Les adultes dénudent le bas des arbres, arrachent les pousses et les branches basses, prennent aux parcs et aux forêts ce que la terre ne leur offre pas encore. En plaine tout reverdit. Le velours des bourgeons crève. Les brouillards attestent que ça se réchauffe. L'évaporation commence. Vers le ciel. Vers l'azur. Tout est très fragile et tout est très fort.

C'est sa journée. Une journée de création, de révolte. Une journée pour inverser le cours des choses. Une journée à ahurir les vivants. Avril, tendre et brusque. Fenêtres éclaboussées de soleil. Sa bouche fait oh. Elle murmure, elle se dit que ça va lui faire un bien infini cette lumière qu'elle réclame, comme un drap qu'on tire sur soi avant l'aube. Elle se l'imagine, car ce sera une grande première pour elle. Ça va être passionnant. D'ailleurs elle est passionnée, elle ne s'est jamais sentie aussi vivante. Depuis l'aube, elle attend que ça commence. Elle voudrait que son mari s'en aille car elle désire embrasser seule ce qui sera plus vaste qu'elle, que sa propre vie.

Je ne crois pas qu'elle soit triste. Elle pleure peut-être, mais d'excitation. Elle a le trac. Ce n'est rien, cette peur-là lui semble aujourd'hui préférable à toute autre. Elle va à la fenêtre, près de la porte d'entrée. Mon père est parti. Sa voiture n'est plus là. Ce qu'elle attendait, elle ne le veut plus. Elle réclame qu'on la laisse à son affaire. Les heures perdues près de cette fenêtre, en sœur tourière de son destin, finies. Combien de minutes passées à scruter l'allée à travers ce carré ? Aujourd'hui, s'empêcher d'y jeter encore un coup d'œil. « Viens », lui chuchote ce 3 avril qui débute. Depuis l'aube, elle entend l'adresse phénoménale de ce grand jour. On verra s'il tient ses promesses, se dit-elle. Mais elle le sent, elle le veut, il y a dans l'air quelque chose de définitif, réservé rien qu'à elle. Son mari est parti vers huit heures pour Paris. Elle a fait semblant de dormir puis s'est enfermée dans la salle de bains. C'est à travers la porte qu'il lui a dit au revoir. Non, pas au revoir, « À ce soir ma chérie ».

Ce « à ce soir » qui si souvent l'a poussée vers la petite fenêtre près de la porte d'entrée. Lorsqu'elle a voulu répondre « oui, à ce soir », elle avait déjà claqué. Elle pourrait danser sur place, ivre d'elle-même et de liberté. Elle a les mains qui tremblent un peu. Et son cœur qui accélère. Elle se regarde dans la glace, mais ne voit rien. C'est le silence qu'elle observe. Tout ça, ce grand blanc au bord duquel elle se tient depuis trop longtemps, fini. La maison est vide. La maison est complice. Il le faut. Cette maison qui a englouti tant de moments, de colères, de larmes, elle va lui donner un bain de lumière, ouvrir les fenêtres, car ce matin d'avril est plein d'un soleil net. Elle verrouille la porte d'entrée derrière lui, mécaniquement. Et laisse retomber les clés qui dansent au bout de leur chaîne. Comme tous les jours. Elle ouvre la fenêtre de leur salle de bains du rez-de-chaussée. Elle ouvre celle du bureau de son mari au premier étage. Des pies surprises crient en gagnant les branches du magnolia. Elle ouvre celle des chambres des enfants qui n'habitent plus là. Elle bascule le Velux de cette grande pièce qui fut leur salle de jeux, sous la pente du toit. Ça les avait séduits, cet espace qui ressemblait à un loft, occupant toute la hauteur de la charpente pour que les enfants jouent à leur aise. C'était leur première maison, un pavillon amélioré, après des années en appartement aux Mureaux, puis un rez-de-jardin au sein d'un complexe résidentiel plus luxueux où chaque voisin jetait, en passant, un coup d'œil dans leur salon. Mais ici les enfants n'avaient plus envie de partager une salle de jeux. C'était la première fois qu'ils disposaient d'une chambre chacun, refuge défendu à coups de claquements de porte. Alors cet espace mansardé sous le toit était devenu son bureau, le bureau de celui qui vient de partir ce matin. Elle a hésité à ouvrir, c'est son territoire après tout, se dit-elle. Mais dans l'ivresse du moment, elle décide d'abolir les limites, tout va changer aujourd'hui. Elle a ri en pensant à quelque chose, mais quoi ? Elle vient d'oublier. À moins que ce soit un rire nerveux, un trille échappé de sa gorge, un cri. Cœur battant, mains agitées, elle retourne au rez-de-chaussée. L'air du dehors sent l'herbe et la mousse, c'est un air qui glace les pieds. Elle va se faire très belle. C'est important. Elle a rendez-vous. Elle est en transe.

Par la fenêtre, elle voit le gardien qui s'approche. Elle sait qu'il ne viendra pas jusqu'ici. Il dépose leur courrier dans la boîte aux lettres clouée au portail.

Il fait maintenant presque froid dans la salle de bains. Huit heures et demie passées, le temps commence à presser. Elle a gardé ses sourcils arqués très sombres, en circonflexe, comme sur ses photos de jeunesse. Ses paupières sont griffées de mille rides, un guilloché souple sur la peau qu'elle a toujours eue un peu mate. Le nez comme le reste a vieilli, mais il a gardé sa ligne longue et régulière. Aucun de ses enfants n'a son nez sévère. La fraîcheur lui pique les yeux. Ils larmoient en silence. Elle tamponne ses paupières. Brumisation d'eau thermale puis nouveau tamponnage à l'aide d'un mouchoir en papier. Répéter l'opération jusqu'à ce que ses yeux dégonflent. Déjà ils sèchent. Déjà la brillance des larmes enfermées entre les cils s'estompe. Elle est émue. Elle est perdue. Elle reste un temps hébétée. Qui est cette femme dans le miroir ? Pourquoi est-elle là ? Pourquoi sèche-t-elle ses yeux ? Une porte claque. Elle sursaute. Il y a quelqu'un ? Il est revenu. Elle s'avance dans l'entrée. D'un coup d'œil machinal à la fenêtre, elle cherche sa voiture au bout de l'allée. Elle l'appelle. À tue-tête. À haute voix. Elle crie le prénom de son mari. Une deuxième fois. Personne ne répond. Un courant d'air sans doute. Où en était-elle ? Ah oui, la salle de bains. Elle y retourne, laisse cette fois sa porte ouverte. Elle se prépare. Il ne faut pas avoir peur. Pas avoir le trac. C'est excitant et terriblement angoissant. Ça va être une journée d'accomplissement, se répète-t-elle. Du fond de teint ? Un peu, à peine. Elle a arrêté d'en mettre il y a longtemps. Le maquillage ne tient plus. Elle a essayé, il n'accroche plus. Sa peau se rebelle, son visage n'en veut plus. Ses traits s'y refusent, la fuient, la trompent, n'obéissent plus aux injonctions. Elle voudrait être avenante mais ses expressions se dérobent malgré elle, sous la poudre, sous le fond de teint, sous le mascara. Elle n'a plus prise sur cette surface de chair qu'elle présente au monde. Elle a laissé tomber. Il lui semble qu'elle n'a jamais su être hypocrite, ce trait qu'elle jalouse, propre à un caractère adulte, mature, distancié. Elle est comme une enfant qui fabule mais ne sait pas dissimuler. Ce matin, sur ses paupières, elle pose un fard cendré, elle n'en a pas d'autre. Elle ignore si c'est de la couleur qu'elle applique sur ses yeux ou de la poussière, tant il lui semble qu'elle n'a pas fait ce geste depuis longtemps. Le mascara achève de souligner son regard qu'elle fixe dans le miroir sans le voir. Il fait très beau, décidément. C'est magnifique, cette lumière qui explose. Ici, à trente kilomètres de Paris, la nature est en retard. Des restes d'hiver s'immiscent jusqu'à elle, lui font se frotter les pieds nus l'un sur l'autre pendant qu'elle se maquille. Elle a la chair de poule. Elle bouge, écrase des mouches de rimmel autour de ses yeux, l'ombre à paupières a migré dans les rides. Il faut tout recommencer. Elle n'a pas envie de s'énerver, car elle a confiance dans cette journée. Elle y aura chaud. Elle y sera bien. Elle décide qu'elle portera des bijoux aujourd'hui. De l'or. Aux oreilles, au cou, au poignet, aux doigts. C'est beaucoup ? Peut-être. Pour autant, elle n'a ni l'intention ni l'impression de se déguiser. Pour son rendez-vous, elle veut être admirée. Elle souhaite qu'il soit répété qu'elle est une femme de goût. Elle apprécierait qu'on constate qu'elle s'est faite belle, qu'elle a fait un effort. Cet effort. Qui penserait à ce détail dans ce genre de circonstances ? Eh bien elle, oui, se dit-elle. « Moi justement », s'entend-elle proclamer à haute voix. Il lui déplairait qu'on la surprenne négligée, paresseuse, sans fard, domestique en somme. Cela voudrait dire n'être plus présente pour personne, ne plus exister pour qui que ce soit. Comme si son visage avait totalement disparu au monde, comme si elle ne laissait plus de traces. Mais aujourd'hui, pour son grand retour, ils vont voir ce qu'ils vont voir, se dit-elle alors qu'elle relève la tête devant le miroir après s'être brossé les cheveux. Oh, elle a le tournis. Un léger vertige. Ce n'est rien. Elle n'a pas bu son café, n'a pas voulu. Tous les matins, son mari jette deux cuillerées de poudre moulue dans le fond de la cafetière à presse. Elle n'a plus qu'à verser l'eau chaude. Elle ne l'a pas fait ce matin. L'adrénaline suffit. Un grand verre d'eau aussi. Nul besoin de se réveiller avec du café fort, noir, sans lait, ce lait qu'elle abhorre, qui lui donne des nausées. Cette nuit, elle n'a presque pas dormi. Son cœur cognait comme s'il voulait sortir de ce lit conjugal, à tire-d'aile, les fuir, eux et leurs histoires. Elle a gardé les yeux ouverts, pensant à ce matin qui venait, son matin. Son mari sait bien qu'on ne peut pas lui parler avant son premier bol de café. C'est vrai. Mais là, elle s'en fiche tant elle est prise dans son monologue. Aujourd'hui, elle ne veut parler à personne. Non décidément, ce jour de lumière n'a aucun besoin de caféine. Elle se sent comme une athlète. Elle s'est déjà mise en route dans sa tête. Refaire le trajet. Réviser les grandes étapes, parcourir en sens inverse le chemin qui la sépare du point d'arrivée, le fil de sa vie. Il est neuf heures ou peut-être dix, à moins qu'il ne soit déjà onze heures passées. Une nouvelle vague de vertiges lui coupe un peu le souffle et sans doute les jambes. Elle s'allongerait bien mais elle résiste. Il est encore tôt. Et puis non, si elle s'étendait sur le lit qu'elle vient de refaire, juste un instant ? Une brume très souple s'est mise à tamiser la matinée. Elle rêve qu'elle court, elle ne dort pas. Elle vole, elle rôde, elle plane, elle glisse, c'est confus, c'est inconnu, c'est pas mal. Ça lui donne le sourire, une esquisse de plaisir. Le soleil rentre à flots. Il est à elle. Il crée un grand feu sous ses paupières, qui envoie dans le ciel des gerbes incandescentes. Cet air piquant qui entre par la fenêtre restée ouverte à l'étage lui appartient. Elle ne pleure pas. Elle ne tremble pas. Elle est très calme. Elle a un peu froid. Elle rit dans sa tête en se disant que les bijoux ne tiennent pas chaud. Elle croit ouvrir grand les yeux. Elle écoute le silence, se plonge dans le bleu des murs de la chambre qu'elle a refait tapisser de sa couleur préférée. Elle suit du regard des particules de poussière qui flottent dans la lumière, elle voudrait danser comme elles. Elle s'imagine observer ce qui l'entoure, mais ses yeux s'y refusent. Malgré elle. Sans y penser. Sous ses paupières bougent les globes oculaires au gré des premiers rêves. Pourtant elle ne dort pas. Elle a juste fermé les yeux quelques minutes parce que c'est confortable. Les songes arrivent par salves. Elle ne peut rien contre ces visions qui déferlent, grandissent en elle, et défroissent peu à peu les rides sur ses paupières. Elle ne se retire pas du monde, elle fait juste une sieste, une pause avant son rendez-vous. Son souffle est un ressac très léger. Elle ne bouge pas mais parfois, elle aspire un grand coup, cherchant l'air très loin comme un dormeur en apnée. Elle crierait presque si elle le pouvait, tel un animal qui râle, mais ses mains, ses bras, sa tête la clouent au lit. Alors il lui semble qu'elle retombe. Elle cherchera plus tard, d'un coup de talon qu'on donne sur le sable, une inspiration qui part de très loin, du plus profond. Si seulement ses poumons ne lui pesaient pas autant. Elle ne crie pas, ne bouge pas, une main posée sur son ventre, l'autre le long de son corps. C'est une grande aube qu'elle aperçoit ? C'est la grande aube ? Ou est-ce juste un rayon d'avril qui perce sous ses cils ? Il faut se relever. Elle le peut. Elle en est certaine. Le soleil de onze heures repeint maintenant tout d'une teinte lactée presque blanche. Ça y est, la journée est lancée, magnifique. Tout y est si lourd et si doux. Son souffle a repris son va-et-vient minuscule. Elle respire, elle le sait.

3

Trois jours plus tôt, au Japon, je déambule une dernière fois dans les rues de Tokyo avant de rentrer à Paris. Un printemps similaire à une saison européenne s'y est installé avec quelques semaines d'avance sur la France. Ici, le ciel est plus franc, privilège des villes au bord de la mer. Je prends tout en photo. Les pissenlits qui poussent entre les pierres dans les rues, les derniers camélias, des maisons miniatures en bois submergées de plantes en pot. Ce doit être mon dixième voyage dans la capitale japonaise, mais elle me bouleverse toujours autant. Dans le cimetière d'Aoyama, je marche en compagnie des morts, des arbres et des oiseaux. Les corbeaux, fléau tokyoïte, laissent place aux merles et aux pies, car ici il n'y a rien à manger. Au cœur de ces hectares de silence, la mégapole n'est plus qu'une rumeur. Ce morceau de campagne en pleine ville me calme. Chez Matsuya à Ginza, j'achète pour la journée ce que j'avale sur un banc, dans les parcs, dans les rues, jusqu'à tard la nuit, dehors. Les Japonais complimentent cette grande fille blonde aux yeux bleus, un cliché de Caucasienne. J'aime errer dans leur ville. On m'adresse des sourires, des mots admiratifs bredouillés dans un mauvais anglais. Je répète phonétiquement des formules de politesse japonaises pour dire merci, s'il vous plaît, bonjour, bonsoir, c'est bon ou c'était très bon. Je sais à peu près différencier une tournure au présent et une au passé. Je m'assieds seule dans les microrestaurants qui émaillent Tokyo, en sous-sol, sous les ponts de chemin de fer, dans les recoins de la ville. Je découvre les spécialités de ces gargotes où personne ne parle anglais et où les menus ne sont pas traduits. J'improvise, je me laisse faire. Je veux m'immerger, être assimilée au remous urbain. Au milieu de cette ville, mon portable sonne.

C'est ma mère qui appelle.

4

Sur l'autoroute qui mène à Paris, son mari file.

Il est attendu.

Il fonce vers une femme, son secret.

Il a bien fait de partir tôt, se dit-il, il n'y a pas encore d'embouteillages. La France est en vacances pour dix jours. Pâques approche, le lundi sera férié. Il n'y a personne sur la route, personne entre lui et celle qu'il va rejoindre, pas même Dieu, pas même une messe. Dans la voiture, son cœur chante. La radio hurle à tue-tête et puis non, il change la fréquence pour une chaîne culturelle. Avec elle, il faut savoir, répondre, parler, briller, la bluffer. Elle sait tout ou presque. Elle a tout vu, tout lu. Elle est magique. Elle est universelle. Paris sera à eux. Paris et ses rues si souvent arpentées où désormais leurs pas résonnent comme jamais. Les cafés de Saint-Germain, le petit restaurant ouaté d'un hôtel rue des Beaux-Arts où il l'a invitée à déjeuner pour la première fois et d'où il est revenu ivre d'admiration, ivre de découvrir que ça existait. Il ne se sent pas en fuite, il lui semble juste que ces dix derniers mois, il s'est mis en marche vers elle, vers lui-même, vers une promesse. Il s'y accroche sans réfléchir. Parce que c'est beau, parce que son cœur bat. Il conduit vite et juste mais cette voiture devant lui roule entre deux vitesses, trop lente pour la suivre, trop rapide pour la doubler. Dans son rétroviseur, une berline paraît voler sur la file de gauche. Il se dit qu'il a le temps de déboîter, pousse le moteur à fond. Lorsqu'il accélère, la mécanique commence à se plaindre. Un éclat de lumière jaune passe dans ses yeux. Qu'est-ce que c'est ? La puissance d'avril jette des coulées de soleil dans les miroirs de sa voiture, sur les parois vitrées. Il se met à faire chaud dans l'habitacle. Il s'est peut-être trop couvert. Dans son rétroviseur, des appels de phares. La berline est sur lui, il ne l'a pas vue arriver si vite, si fort. Il bloque tout, il lambine. Il déteste ça. Il a toujours été celui qui file, qui fonce, qui se défausse et qui se faufile. Celui qui rit et fait rire, celui qui s'arrange et qui louvoie. Mais à cet instant, il est comme un caillot dans une artère. La berline le talonne, multipliant les appels de phares furieux. Oh, s'il avait une voiture plus rapide, s'il avait encore le petit coupé sport d'il y a trente ans. En dépit de ses soixante-dix ans, il conduit comme un jeune homme. Si seulement ce veau obéissait mieux. Tout semble prendre des heures, le dépassement est laborieux. L'abruti à droite paraît justement avoir choisi ce moment pour accélérer aussi, mais lui n'a pas dit son dernier mot. Il enfonce la pédale encore plus. Le moteur à fond n'a pas l'air de répondre alors qu'une tornade d'acier le terrorise. Enfin, il dépasse la voiture et se rabat sur sa droite. L'énorme 4 x 4 qui le talonnait il y a une seconde s'immobilise maintenant à sa hauteur tel un chasseur aérien. Lui fonce toujours, compteur bloqué sur cent trente kilomètres à l'heure. Il n'ose pas vérifier. La route est vide, nappée de soleil. Il ne va pas s'excuser par-dessus le marché. Cette fois le 4 x 4 klaxonne. Il tourne la tête et surprend la conductrice qui lui adresse des gestes. En le fixant, elle frappe sa tempe de son doigt. Et puis d'un coup d'accélérateur, elle file, lui donnant le sentiment de faire du surplace. Son cœur bat à tout rompre. « Sale conne », murmure-t-il pour lui-même. Il en a des sueurs froides. « Envoyée de Satan. Saleté. Salope ! » dit-il tout haut dans la voiture. Il a perdu le fil de ses pensées. Et maintenant il faut freiner, car il se précipite sans s'en rendre compte sur le véhicule devant lui. Déjà huit heures et demie passées. Ils ont rendez-vous à neuf heures trente pour un petit-déjeuner suivi d'une exposition et puis quoi ? Errer dans les rues, bavarder, se parler, fractionner cette journée. De joie, il tape sur son volant. Il exulte. Il est vivant, bien vivant. La matinée ruisselle de lumière. Le bleu est bleu. Le jaune est jaune. Tout est à sa place. Déjà la tour Eiffel se profile au loin, du haut de la colline de Saint-Cloud. Il a toujours aimé glisser sous ce tunnel. Quand il fait très beau, il adore prendre ce shot de soleil dans les yeux à la sortie. C'est un sourire de bienvenue que lui adresse le monde. Il cligne des paupières. Entrer dans Paris par la porte

Dauphine. Quitter la rive droite. Franchir le pont Alexandre-III. Et, rive gauche, sur les pavés, dans les rues clandestines, prendre la main de celle qui l'enchante, toucher cette femme comme jamais il n'a été touché. Rien ne retient cet homme familier du bonheur, prompt à rire et à se réjouir.

Tout autour de leur maison, il a organisé un jardin. Dès qu'il a pu, il a biné, planté, semé. Il a fabriqué une serre pour y réchauffer les semis. Il a enfoui les bulbes, construit un muret, prétexte à y faire pousser une rocaille sur un talus artificiel, telle une maquette de montagne. Il y a installé un pin miniature dominé par le *Magnolia stellata* qui débute sa floraison en mars. Ça ravit sa femme, ce signal précurseur du printemps. Sumac, noisetier, sauge et menthe, rosiers parce qu'elle aime ça, pivoines difficiles, il n'a cessé d'enrichir le jardin de cette maison achetée trente ans plus tôt, que leurs enfants, excités à l'idée d'avoir chacun leur chambre, ont découvert un jour de février pluvieux qui rendait noirs les labours nus, nerveux parce qu'ils percevaient – déjà – ? quelque chose d'hostile dans cette bâtisse sur son terrain brut. Des week-ends entiers dehors, presque par tous les temps, mon père a creusé à en pleurer, partout où il était encore possible de placer un jeune arbre, un buisson, une gerbe de persistants, des oignons annuels, des vivaces. À travers les portes-fenêtres à petits carreaux de la maison de style Mansart, ses enfants suivaient des yeux ce père jardinier, artisan bêcheur retournant la terre, fouillant l'humus pour y créer à tout prix une forme d'harmonie. Silhouette penchée, accroupie, cheveux battus par le vent, s'essuyant le nez du revers de la main, ne laissant jamais son chantier inachevé. Au-dedans, le silence régnait, car sa femme avait mal à la tête, éteinte sous le mouchoir posé sur ses yeux, téléphones débranchés pour ne pas la réveiller. Dehors, il y avait le grand air, les aboiements des chiens voisins, les voitures fonçant sur la départementale plus bas, les vers retirés de la terre, la moisissure sous les feuilles, tout cela retourné, ensemencé, converti en Éden de banlieue par cet homme, son mari. La siamoise bleue est enterrée quelque part au nord, à l'ombre d'un peuplier. Vigile prudente, elle l'a accompagné pendant près de vingt ans, le rejoignant en quelques pas sautés, reniflant la terre ouverte plus profond qu'elle n'aurait jamais pu le faire à coups de griffes, frissonnant devant ce tombeau à sa mesure puis détalant à l'idée de son propre ensevelissement vers la chatière côté garage. Les dimanches, c'était le prétexte idéal pour ne pas accompagner sa femme qui traînait leurs enfants à l'église. Il ne croit pas à ce dieu-là. Il en a vu d'autres. Elle persiste dans la foi. Lui a lâché l'affaire. Sa messe est ailleurs, son culte n'est pas celui-ci.

Ce 3 avril, mon père est peut-être passé sous mes fenêtres, en entrant dans Paris par l'ouest.

Il a traversé les avenues, les places. Reconnaître la ville pour qu'elle le reconnaisse, gagner cette femme comme il gagne Paris. Plus rien ne le retient. Il n'a plus charge d'âme. La siamoise bleue est morte depuis longtemps. Il ne se soucie plus de caresser sa fourrure à l'aveugle, d'avoir à la nourrir ou la soigner. Il est impressionné par elle, cette femme dont il est amoureux. Elle possède une autorité naturelle qui l'a vaincu. Il a toujours aimé les bourgeoises un peu mondaines qu'il trouve chics, elles savent vivre. Il leur apprend le reste. Il leur révèle le plaisir, leur fait découvrir ce qui leur manque le plus, se dit-il. Grâce à lui, elles se sentent vivantes, baisées, jouissantes. De ses études de pharmacie, il a conservé cet humour de salle de garde qui les amuse. Entre un Cyrano et un sale gosse, il leur en fait voir de toutes les couleurs et elles en réclament. Mais pas elle. Elle, c'est différent. Quelle joie il y a à être dominé, à se rendre dépendant. Il se régale de lui appartenir, de l'attendre, d'être tenu. Il est plein de sa propre admiration pour elle. Il se repaît de leur secret. Cette fois, si c'était ça, le vrai, le grand amour, l'histoire définitive qui dément tout le passé, autorise un autre avenir.

Ces derniers temps, de retour à la maison, dans cette banlieue dont ils ont rêvé, il a dû rassurer sa femme, la calmer. Elle est fragile. Elle est captive. L'autre est captivante.

À la maison, dans le règne de son état dépressif, ma mère est cette victime surpuissante. Son mari devine ce qu'on dit dans leur dos. Les gens murmurent « Elle a de la chance de l'avoir ». « La pauvre, elle n'y peut rien. » De ses migraines qui obligent la maison au silence, à éteindre télévision, musique et radio, à refermer les portes prudemment, elle a fait un couvre-feu perpétuel qu'il serait criminel de ne pas respecter. « Comment va-t-elle en ce moment ? » lui demandent-ils. Lui, il a le sens de l'humour, la fleur au fusil, l'espièglerie de ses vingt ans. « Heureusement qu'il est là », répètent leurs connaissances lorsqu'elles quittent leur maison les rares fois où ils les ont reçues à dîner. Ces dîners préparés par elle dans la plus grande angoisse et dans l'énervement. Elle se sent jaugée à l'avance. À table, elle s'excuse de tout. Pas assez cuit ? C'est bon ? Vraiment ? Désolée, ce n'est pas la recette exacte. Lui débouche des bouteilles de vin, fait rire la compagnie. Et elle aussi. Du haut de l'escalier, cachée dans l'ombre, je ne perds pas une seconde de ces dîners auxquels je participe en clandestine. J'y reconnais le rire de ma mère lorsque mon père amuse la tablée. J'ai alors l'impression d'assister à une représentation théâtrale.

« Elle est comme ça depuis toujours ? — Presque, je l'ai toujours connue ainsi », disent-ils dans l'allée qui les sépare de leur voiture, avant de se quitter. « Elle a eu une vie difficile vous savez. Pourtant ce soir, elle était gaie. Elle a beaucoup ri. Je ne l'avais jamais vue ainsi. Elle est belle quand même », ajoutent-ils. Puis les regards se détournent. On évoque à demi-mot ses enfants, son mari, leurs différences. « Lui, il est tellement drôle. »

Tous les soirs, quand il rentre chez lui, chez eux, il lance un « bonjour ma chérie » qui ferait croire que la journée vient de commencer. Elle s'en veut certaines fois, car cette bonne humeur la mine.

Sur le mot retrouvé plus tard dans un tiroir, il est écrit : « Tout ça n'est rien. C'est toi que j'aime ma chérie. » Dernièrement, elle a beaucoup pleuré. Elle attend devant la fenêtre. Elle fréquente quelques amis. Mais elle est encore plus funèbre. Ses enfants la voient un peu. Pas assez bien sûr. Elle ne décroche presque jamais son téléphone portable, sait à peine écouter un message. Elle est si adorable quand on le lui reproche. On lui pardonnerait tout. « Je ne sais pas comment ça marche. » « Ah oui, je l'ai oublié dans mon sac. Il n'a plus de batterie. » « Ah bon, tu as appelé ? Un message ? » Elle décourage ceux qui voudraient l'approcher. Elle est vague. Elle est absente. Elle se refuse. Dernièrement, et comme depuis longtemps, il a dû lui répéter des choses, toujours les mêmes. « Ma chérie, mais non, pas du tout. Mais oui, bien sûr. Voyons ma chérie, évidemment, que dis-tu ? À quoi penses-tu ? Tu es folle ! Enfin je veux dire, ne sois pas bête, tu sais bien que je t'adore. »

Ils sentent bien que les mots s'usent. Elle entend mais n'écoute plus. Il lui semble clair qu'il ne s'adresse plus à elle que par-dessus son épaule, qu'il parle à quelqu'un d'autre. À celle qu'elle était, à celle rencontrée cinquante ans plus tôt peut-être. Qui est ce fantôme qu'il lui préfère ? Qui est cette femme à qui il parle, cette présence qui la talonne depuis des dizaines d'années et qui, lorsqu'elle se retourne, a disparu ? Lui-même ne sait sans doute plus à qui est destiné son « ma chérie ». À vrai dire, il s'en balance un peu, car il est à bout. Il s'entend déclamer ce refrain mais ne sait plus pour qui, pour quoi.

« Arrête de te chier dessus. » Il a dit ça il y a quelques semaines. Elle est restée sans voix, blême. Lui aussi. Il lui a lâché ça, et puis il est sorti dans le jardin le soir. Des années plus tôt, elle aurait pleuré, boudé, se serait enfermée dans la rancune, ensuite, tout aurait été effacé avec des paroles et des caresses, de la nécessité. Et pourquoi pas dans le lit. Mais là, même si elle ne perçoit pas d'emblée la portée du message, elle est sidérée par les mots et l'image. D'où lui vient cette brutalité qui la gifle ? Il lui est insoutenable de déduire qu'à partir de cette remarque, son mari déclare qu'il n'en peut plus.

5

« Ne t'inquiète pas », lui chuchote une voix.

Ça discute dans sa tête.

Une autre renchérit « Il va revenir ». « Je te dis que non », répond la première.

« Quand c'est non, c'est non. »

« L'autre jour il m'a pourtant dit qu'il m'aimait, enfin qu'il n'aimait que moi. Il me l'a dit. Oui, il me l'a même écrit. J'ai encore le mot d'ailleurs. Un bout de papier. Il l'a signé. »

« Mais tu crois encore ses paroles ? Vraiment ? Tu le crois encore ? »

« Oui, enfin non, je ne sais pas. »

Depuis des années, ma mère se parle à elle-même. Ces derniers temps, il est probable qu'elle soit devenue son unique interlocuteur.

Devant un miroir elle se demande qui est cette personne. Où en étais-je ? s'interroge-t-elle. Elle comprend qu'elle se parle à elle-même, mais le savoir ne change rien au problème. Un problème ? Pourquoi ? s'étonne-t-elle. « De toute façon, personne n'est là pour vérifier», se rassure-t-elle à haute voix. Elle aimerait pourtant que ça ne se sache pas, mais ça lui échappe. Les mots de cette femme croisée dans la glace, ce sont les siens. Ces voix intérieures, ce sont les siennes. Ses questions, ses réponses, cette deuxième personne qui dialogue, son avocat du diable, son confesseur, elle, elle, elle encore. Ce jour-là, elle se parle plus que jamais. Elle est l'huissier de cette journée d'avril qui s'annonce grandiose, révolutionnaire. Elle qui a le sentiment de ne rien avoir accompli dans sa vie, en tout cas pas grand-chose à part avoir enfanté, va poser un acte d'une témérité dont jamais elle ne se serait crue capable. Soudain, dans la maison lumineuse, elle doit vérifier quelque chose. Tout de suite. Elle se dirige dans le salon vers le meuble indochinois hérité de son grand-père. Elle en sort un album photo. Elle cherche la page. Voilà, elle a trouvé. Sur la photo, elle a dix-huit ou vingt ans peut-être. Elle sourit en se regardant. Elle sourit parce que sur le cliché, elle se voit rire. Ça lui revient, ce moment de gaieté. Quelqu'un l'a prise en photo ce jour-là, mais qui ? Quelqu'un qui l'aimait ? C'est dans un jardin. C'est un été en Limousin. Sa peau mate est encore plus hâlée. Elle tient un appareil photo dans ses mains, quelqu'un l'a saisie à ce moment-là. Elle se rappelle avoir été gênée, comme à chaque fois qu'on la photographie. Un embarras qui demeure et à cause duquel elle ruse et détourne le visage juste à temps pour ne jamais apparaître sur un cliché. Qu'on la regarde, qu'on l'observe, ça la perturbe, ça la met au centre.

Que faire de ça ? Sur le papier glacé, elle tripote un appareil photo en riant, l'air de ne pas savoir comment ça marche, l'air de se demander comment fixer le monde. L'ombre de l'arbre derrière elle projette sur le sol de grands trous de lumière. Cette fille, ça a été elle. Elle a été celle-là. Pas vraiment glorieuse, pas vraiment triomphante, non, on ne pourrait pas aller jusque-là mais belle au moins, c'est déjà ça de pris. La photo est en noir et blanc, ça doit être vers la deuxième moitié des années 1950. Plus tard, on la prendra pour Anouk Aimée. Elle a vingt-neuf ans quand sort en 1966 *Un homme et une femme*, le film de Claude Lelouch. C'est l'année où naissent ses jumelles. On l'arrête dans la rue, on l'observe. C'est à s'y méprendre. Comme elle, le nez fin, les cheveux bruns presque noirs, les sourcils circonflexes, la peau olive. À se demander d'où sortait cette fille unique au sein d'une famille de blonds et châtains à peau claire. Elle examine le cliché aux bords dentelés. Elle n'a aucun regret, non, ce n'est pas ça. Mais elle s'interroge. Dans sa maison illuminée du soleil d'avril, elle se demande quelle bifurcation sur le parcours de sa vie l'a amenée ici, à ce moment précis, en train de regarder cette photo. Quel est l'embranchement pris un jour qui la place aujourd'hui devant l'imminence de cette journée fabuleuse, face à ce meuble indochinois, sa porte ouverte laissant échapper le mélange inextricable d'odeurs des bougies parfumées qu'elle y accumule ? À quel moment s'est-elle trompée ? À quel moment lui est-il devenu impossible de demeurer cette fille brune rieuse, superbe comme on disait alors, pas destinée à se retrouver là, à scruter sa jeunesse sous forme d'une photo en noir et blanc, qui jamais n'aurait eu à se parler seule dans le silence parce que sans cesse, il y aurait eu des voix, des gens, des hommes, des femmes, des enfants et des petits-enfants autour d'elle. À quel instant a-t-elle choisi cette voie pour, depuis quelque temps – des années ?, se surprendre à passer mille fois devant la petite fenêtre à côté de la porte d'entrée en observatrice de son destin. Elle a donc bien été celle-là. Elle a été désirée pour cela, pour ce qu'elle fut alors, pour ce rire qu'on entendrait presque depuis le carré de papier photographique qu'elle tient dans ses mains. Ce serait donc elle la fautive, elle qui se serait égarée, qui aurait mis à mort cette fille-là, puis Anouk Aimée incognito, ce serait de son fait, de sa faute, ce serait elle l'Anoukicide ? Doit-elle blâmer les hommes ? Elle ne sait pas quoi penser. Le chemin parcouru est trop long, trop tortueux pour le résumer ainsi ce matin. Disons que ce 3 avril répondra aux questions, pulvérisera les doutes. Ce sera une journée qui invalidera la moindre délibération, interdira tout discours. Une dernière fois, elle s'attarde sur la photo qu'elle replace dans le meuble sans se donner la peine de la ranger dans l'album. Les autres pages renferment les images d'une pharmacie en Indochine, un bâtiment immaculé qui ressemble au casino d'une station balnéaire de la côte normande. On voit un homme habillé tout en blanc, pantalon à pli, veste à col Mao et casque colonial. Il semble fier de sa situation. C'est le pharmacien, son grand-père. Quelques pages plus loin, on le retrouve dans sa maison du Limousin, à Solignac. Au-dessus du piano droit, les souvenirs indochinois, éventails, urnes en bois incrustées de nacre, chasse-mouches accrochés au mur comme des épées croisées, constituent l'inventaire colonial rapporté d'Indochine vers les années 1900. Assis dans l'un des fauteuils, qui regarde l'objectif, cet homme, le pharmacien, moustaches et lorgnons pincés sur le nez. En expédition au pays des Annamites, toujours coiffé de son casque colonial, habillé de blanc, ou sur le continent africain, on le voit auprès de huttes, entouré d'enfants, pas loin d'un fleuve, une pirogue échouée sur sa berge de terre battue. Il est son Ulysse, rentré au pays après des années d'exercice en Indochine et en Afrique. Elle a obstinément rêvé d'ailleurs, de voyage, de fuite, comme lui peut-être, dont elle a beaucoup raconté qu'il s'était consolé dans ces contrées d'un amour malheureux laissé en Haute-Vienne. Elle, elle a longtemps évoqué un homme, de son âge à elle, parti vivre en Tasmanie, prétendant que depuis la France, elle demeurait sa correspondante, possiblement son amoureuse. C'était avant ses années Anouk Aimée, peut-être à l'instant de cette photo où elle rit, où elle est capable de rire encore. Lui en Tasmanie, elle ici, elle aurait été une sorte de marraine de guerre pour celui qui était parti si loin, placée dans l'attente, guettant ce qui arrive aux autres par une fenêtre sur le monde. À quel moment cet homme est-il rentré en France ? Est-ce qu'ils s'aimaient ? A-t-elle voulu l'aimer, le rejoindre ? La distance a-t-elle précipité cette fille brune aux cheveux noirs vers un autre carrefour ? Cette femme qui a ouvert le meuble indochinois a beaucoup inventé. En ce matin d'avril, elle a sans doute oublié les histoires qu'elle a racontées, qu'elle s'est racontées. Entretenant le souvenir d'un homme en Facel Vega, version moderne du chevalier. Dans son récit parcellaire, il serait venu la voir et serait reparti, sans elle. Où est-il venu la retrouver ? Dans cette modeste maison du Limousin où crevaient de sécheresse les souvenirs indochinois, restée des années sans eau courante, les shampoings et les bains se faisant avec celle du puits chauffée dans des casseroles. Sa Facel Vega a dû faire sensation. On imagine comment la petite-fille du pharmacien, qui sourit sur un cliché en train de se figurer comment fonctionne un appareil photo, a fait un peu jaser. Il vient pour elle. Il n'est pas resté. Il ne l'a pas emmenée. Cette Emma Bovary de Haute-Vienne s'est persuadée qu'elle a été désirée, et sans doute l'a-t-elle été alors que toutes ses expériences convergent vers un constat identique : elle a été quittée, visitée peut-être mais visiblement jamais emmenée, jamais emportée par un destrier, dans une Facel Vega, en Tasmanie ou ailleurs. Il advient souvent ce qu'on redoute. A-t-elle mis en œuvre ce qu'elle craignait le plus, être une laissée-pour-compte, une abandonnée, une posture récurrente à mesure qu'elle construit sa vie ?

Cette femme restée à quai telle une pirogue qui prend l'eau sur une rive de terre battue a-t-elle été assez intelligente, assez libre pour s'affranchir d'une éducation catholique catastrophique, qui lui a inculqué que la vertu était céleste et que l'existence terrestre n'était qu'un chemin de croix qui pourvoit celui qui l'arpente de qualités seules reconnues par un dieu trônant sur le crucifix du mur de leur chambre bleue, côté gauche, audessus de la place où ma mère dort dans le lit conjugal des Yvelines ?

6

Un jour, bien plus tard, j'ai perdu cette photo. Cette image de ma mère qui rit, à l'ombre d'un arbre, dans le jardin de la maison de Solignac, en Haute-Vienne. J'ai longtemps gardé ce cliché, un des rares où on la voit gaie. J'ai voulu le conserver parce que tout ce qu'il représente m'est inconnu. Sa légèreté, sa jeunesse, son éclat, son prénom d'alors même. Je l'avais placé dans un sac à main que je me suis mise à trimballer partout, avec le sentiment étrange, moi qui ne porte presque jamais de sac, que ce reliquaire, cette excroissance siglée suspendue à mon épaule, contenait son image, un éclat d'elle qu'il fallait retenir. À chaque fois, je devais faire un effort pour me souvenir de repartir avec ce sac, le placer à un endroit précis dans mon champ de vision, avec l'impression qu'il renfermait un élément inflammable. Ce sac m'était si peu naturel qu'il ne contenait que la photo où l'on voit ma mère, la jeune Anne-Marie, rire à l'ombre d'un arbre, un appareil photo dans les mains et presque rien d'autre, à part un stylo et des mouchoirs en papier peut-être. Comme toujours, je gardais dans mes poches ma carte de crédit, un ou deux billets et mes clés. C'était bien après ce 3 avril, à l'atterrissage à New York, que j'ai oublié le sac dans l'avion. J'avais essayé de dormir pendant le vol. Je n'y étais pas arrivée. On avait atterri dans la soirée heure locale, ce qui me précipitait quelque six heures plus tard dans mon métabolisme. J'étais déphasée, groggy, je n'avais pas envie de cet énième voyage à Manhattan, pas envie d'être agressée par cette ville, son bruit, sa dureté. En marche vers le contrôle des passeports, j'ai compris que j'avais laissé le sac à main et la photo qu'il contenait dans la cabine de l'avion. J'ai rebroussé chemin et, à contre-courant, j'ai bloqué le passage, barré la route, gêné, entravé tous les pressés qui comme moi quelques minutes plus tôt, entament une course de vitesse pour arriver les premiers aux guérites des policiers odieux qui contrôlent l'identité des passagers à l'aéroport JFK. Ça m'a paru interminable, injuste, ce périple à rebours afin de récupérer ma mère, son image, la photo d'une inconnue contenue dans un accessoire de marque laissé dans cet avion. Arrivée à la porte de l'appareil, après avoir été bousculée par les voyageurs et avoir essuyé quelques jurons, j'explique ce que j'ai oublié dans le coffre à bagages au-dessus de ma place. On me laisse entrer. L'avion vide est un champ de couvertures, d'oreillers au sol et de détritus, journaux froissés, pelures de clémentines. Dans le compartiment à bagages qui correspond à mon siège, plus rien. Plus de sac. Emporté. Volé. Disparu.

7

À Paris, ils se sont décidés pour une exposition rare au jardin du Luxembourg. Elle lui a dit « Il faut absolument y aller. Je l'ai vue en Italie, à la pinacothèque de Volterra, en Toscane, c'est magnifique ». Mon père imagine cette femme qui sait tout, qui a tout visité, qui a voyagé et tout mémorisé, dans son élément, un voyage culturel et raffiné, parlant toutes les langues. Il a tant à apprendre à son contact. À elle, il offre l'amour, les gestes et la jouissance. Il le lui réapprend. Il aime tellement ça. Ses maîtresses le lui ont dit. Il aime se poser en maître de l'exercice. Caresses de bouche, de doigts, de sexe. À la télévision, lorsque apparaît une actrice qui lui plaît, devant sa femme et ses enfants, il s'exclame « celle-là, elle est bandante ! ». Ses enfants rient parce qu'ils perçoivent alors leur père comme un gars plein de vigueur, un mâle alpha à l'humour grivois, vestige de ses débuts. Cependant, encore jeunes, ses enfants sont un peu gênés, car ils sentent que ce père continue d'aimer ça sans nécessairement le partager avec leur mère. Mais ce n'est rien, n'est-ce pas, puisque ça se passe devant elle. Si ça se dit à la cantonade, c'est que c'est risible. Pour les enfants, il n'y a d'obscénité que lorsqu'il y a secret. C'est derrière la porte fermée que se déroule l'acte, que l'on entend ce qui ressemble à une plainte, à des gémissements apparentés parfois à de la douleur. Mais là, si ça se passe devant tout le monde, pendant le film de vingt heures, c'est que tout va bien. Il n'y a pas de mal.

Ils vont donc voir une exposition, car il faut parer de raffinement, de culture, de références, d'images, de tableaux et de livres leurs sentiments, qui s'augmentent ainsi d'une forme de noblesse.

Ils s'arrêtent devant une peinture d'un maître du XVIIIe siècle. Un drapé bleu, comme une serviette de bain autour de la taille, remonte sous forme de cape, s'enroule autour de l'épaule gauche d'un homme presque nu. « Ma chérie, voulez-vous que je sorte de mon bain de cette façon ? » Ils se vouvoient. Il adore ça. Elle le regarde et rit. Il a toujours su les faire rire. Il est tellement joyeux, enjoué par tout et rien, facétieux tel un lycéen. Au coin de ses yeux, les rides éclatent en rayons, preuve de tous les rires qu'il sait provoquer. Elle l'observe en se disant qu'il est un peu potache, mais tellement charmant. Il la distrait, il est léger. Elle aime ça. Elle y reconnaît l'intelligence de la vie. Sur le tableau, une femme agenouillée lève son visage vers l'homme en bleu. Elle semble sidérée. Sa robe jaune est prolongée d'un drapé rouge orangé. On ne sait pas bien à quoi sert cette sorte de traîne, si ce n'est à créer un camaïeu d'ocres avec la terre battue qui l'entoure, à la lester, à la rattacher au sol. Elle est incroyablement terrestre, d'ailleurs elle fait corps avec le jardin, ramassée sur elle-même tel un gros rocher d'étoffe et de chair. Lui la domine, l'intimide sans doute, une main dirigée vers elle sans l'atteindre, une autre vers le ciel dont il porte la couleur, tel un paratonnerre avec au milieu son grand corps dénudé.

Devant le tableau, un homme et une femme qui s'aiment regardent un homme et une femme qui ne se touchent pas. Elle prend la parole. Tout ce qu'elle dit enrichit l'instant. Mon père en frémit de fierté. Elle sait tout, se dit-il. Il est comblé. Elle l'invite dans son esprit et sa culture. À ses côtés, elle explique « C'est Jésus avant sa montée au ciel, le lendemain de son enterrement. Elle, c'est Marie-Madeleine. Elle est revenue devant son tombeau mais ne le reconnaît pas. Elle est déconcertée. La pierre du tombeau a été roulée, la sépulture est vide. Elle s'adresse à cet homme en bleu qu'elle croit être le jardinier. Il lui demande qui elle cherche. C'est lorsqu'il se met à parler qu'elle l'identifie. Du coup, elle l'appelle "notre maître" et veut le toucher pour croire à nouveau, pour le reconnaître complètement. Il l'en dissuade car il n'est ni vraiment terrestre ni vraiment une créature du ciel, ni vraiment homme ni vraiment Dieu. Cet état intermédiaire interdit aux mortels de le toucher. Donc il empêche Marie-Madeleine de le retenir. Il demande à cette femme qui incarne la figure générique du chagrin des mortels de ne rien tenter, de le laisser partir. "Ne me touche pas, ne me retiens pas." C'est ce que signifie

Noli me tangere, le titre du tableau. Sa déclaration comme un avertissement est en fait une libération, sa propre libération, car son départ l'inscrit dans l'infini, lui le supplicié sur la Croix. »

Elle a parlé presque d'une seule traite. Il est ébloui. Il a glissé son bras sous le sien. Il sent sa présence chaude et bavarde, savante de façon si naturelle. Il voudrait que la vie s'arrête là, tout de suite. Pourtant, il se sent fringant, jeune comme jamais, reconnaissant face à ce cadeau que lui offre l'existence. En sortant, il se presse contre elle, il voudrait lui déclarer quelque chose mais il ne sait pas quoi. Il découvre la force de cette femme, son regard sur le monde. Sous le soleil ruisselant d'avril, leurs pas font crisser les graviers du jardin du Luxembourg. Dans ce parc, il voit le reflet de ce qu'il aime, l'ordre selon lequel l'homme a organisé la nature, les ornementations, les statues, les bassins, l'alignement des choses. Il ne pense à rien d'autre devant l'évidence de ce jour magique. Il est doué pour la vie, pour le cœur léger, il le sait.

De ses études de pharmacie, il a gardé le goût de la botanique et des insectes qu'il collectionne, épingle et range dans des boîtes vitrées bien ordonnées. Il a le don de la cuisine, pour lui c'est un jeu d'enfant basé sur des saveurs simples, des herbes, du curry, des feuilles de laurier. Ce qu'il plante pousse, ce qu'il cuisine se mange. On trouve ça délicieux. Il a la gaieté contagieuse, il fait rire aux éclats. Il est du côté de la vie par nature. Pour lui, il n'est jamais question de « *Noli me tangere* » ; il est hyper terrien, hyper solaire, tactile, gourmand de musique, de mots et de grand air. Son ennemi, c'est l'eau et la plage, cette mer qu'il ne maîtrise pas, dans laquelle il sait à peine nager, ce sable où bronzer l'ennuie. Il dit toujours « J'ai appris à nager dans un évier ».

Il est relax, détendu. Alors pourquoi ces mots à sa femme dans leur maison de banlieue, « arrête de te chier dessus » ? Elle n'est pas une merde, mais cela signifie qu'elle en est couverte. Mon père a convoqué cette image avec une brutalité qu'il regrette probablement, dont la conclusion signifie qu'elle est devenue intouchable, inapprochable, qu'elle pue. Elle a entendu. Elle a suffoqué. Elle n'a rien dit. La violence des mots lui indique qu'il a cessé de l'aimer, pire, qu'il a cessé de vouloir l'enchanter. Il n'est pas exclu que mon père ait dit ça pour l'aider, pour la secouer, pour freiner le vertige dans lequel sa femme tournoie de plus en plus. Mais lorsqu'il prononce cette phrase, c'est trop tard, il est déjà en fuite, avant même de claquer la porte mentale de leur vie, il lui signifie qu'il s'en écarte, qu'elle sent l'excrément, qu'il ne reconnaît plus l'Anouk Aimée en elle, qu'il a également perdu de vue celle qui lui a fait place. Peut-être en est-il toujours malheureux à ce moment-là.

8

Dans leur maison, en ce jour de soleil, elle se le demande, a-t-il jamais voulu l'avoir en face de lui ? Elle se parle en se regardant dans la glace. Presque à haute voix, elle reprend : « Mon mari n'a-t-il pas cherché dès le départ à faire face à quelqu'un autre, une femme regrettée, imaginée, jamais retrouvée ? Si moi aussi j'étais pour lui cette personne en Facel Vega n'ayant jamais vraiment existé, un pochoir, une de ces mains saupoudrées de pigments qui ont laissé leur négatif sur les murs d'une grotte ? » Et ce « ma chérie » forcené qui, elle doit l'admettre, est devenu une sorte de genre neutre qui colmate les fissures. Un chausson aux pommes est un machérie, un flocon de neige est un machérie, la chatte siamoise bleue est une machérie, l'actrice bandante de la télévision est une machérie. Tout ce qui peut s'intercaler avec un réel décevant ou l'absence d'une fiction traître à son propre bonheur, est une machérie. Elle n'est pas Anouk Aimée, elle est devenue une machérie, c'est ce qu'elle se dit, c'est ce que se raconte ma mère qui se parle tout haut en ce matin d'avril. Qui est cette jeune fille brunie par l'été sur la photo qu'elle vient de replacer dans le meuble indochinois, se demande-t-elle ? Qui a-t-il voulu qu'elle soit, celui qui est parti tôt ce matin, son mari ? Et elle, se dit ma mère, en se regardant dans le miroir, elle, a-t-elle jamais pu remplacer une disparue ? N'ont-ils jamais pu se consoler l'un l'autre d'un modèle perdu ?

Elle sait où il est aujourd'hui. Elle sait avec qui. Ce n'est pas nouveau. Mais à leur âge, tout de même. Et si la dernière fois était plus dangereuse que la première ? Elle sent que là, c'est plus sauvage, que ça le prend tout entier, qu'il n'est plus là. Elle s'est même confiée à l'une de leurs filles. Qu'est-ce qui lui a pris de croire qu'elle pouvait être comprise ? Elle a senti sa fille au téléphone qui voulait se débarrasser du problème, d'elle, de cette mère tourière. « Va chez le coiffeur, fais-toi belle, fais-lui croire que toi aussi tu as quelqu'un… Allô ? Tu m'écoutes ? » Je partais au Japon quelques jours plus tard. Je travaillais, voyageais, ne faisais que travailler, ne vivais que pour ça. Je n'avais pas le temps. Ma mère m'a expliqué comment elle avait compris, le jour où son mari, « ton père » avait-elle souligné, était rentré de ce déjeuner avec cette femme, dans ce restaurant de la rue des Beaux-Arts. Elle avait compris que si c'était là, dans cet endroit précis, c'est qu'elle lui plaisait. Elle a senti, je crois, que j'étais gênée par sa confidence, ce qui a dû faire écho, je l'ai réalisé très tard, à la conclusion qu'elle était devenue intouchable. J'ai dit « tu affabules, tu exagères, tu t'inquiètes pour rien », avant de l'exhorter à se prendre en main, à aller chez le coiffeur. Au fond, moi aussi, je lui demandais de retourner à ses années Anouk, dans une tonalité similaire au « arrête de te chier dessus » de son mari. J'ai mis des années à mesurer combien j'ai, en quelques mots, débouté ma mère de sa détresse, nié l'un des rares aveux de sa solitude.

Faut-il donc toujours qu'on me parle par-dessus mon épaule, faut-il donc qu'on me renvoie sans cesse à cette femme traînant derrière moi ? se demande-t-elle encore. Il est probable que ma mère sourie finalement à cette question qui la hante car, ce 3 avril, elle s'en fiche, enfin. Plus rien ne l'atteint. Qu'il est magistral ce matin, étincelant d'une lumière qui l'invite à une insolence triomphale. Elle a laissé la porte du meuble indochinois ouverte. S'en échappent les senteurs des bougies, de l'album photo, l'odeur de cet été où elle fut rieuse. À quel moment a-t-elle commencé à désapprendre sa jeunesse, à oublier son prénom de baptême pour devenir Nathalie, à vouloir effacer qui elle était ?

Son mari, très vite après qu'il la rencontre, la renomme Nathalie, délaissant son prénom de baptême, Anne-Marie, dès lors relégué à l'état civil, aux formalités administratives. Depuis quand ? Dès qu'on s'est rencontrés. Dès qu'on s'est aimés, se souvient-elle.

On s'est aimés ? s'entend-elle s'interroger. Oui. Oui bien sûr. J'ai les paupières lourdes, réalise-t-elle. Toutes ces questions l'épuisent.

Après sa pause sur son lit, elle s'est relevée.

Quelle heure est-il ? Onze heures peut-être. Déjà midi ? Pas encore. Je n'ai pas bu mon café ce matin. Juste un verre d'eau, c'est sans doute pour ça. Je suis un peu fatiguée. Dans le salon, elle s'assied maintenant par terre, dos au meuble indochinois qu'elle a toujours déclaré fragile à ses enfants. Mais à cet instant, elle n'a pas la force de faire attention. Le meuble craque, grince, se plaint. Elle s'adosse à son passé de jeune femme brune et hâlée, lorsqu'elle était encore pour tous Anne-Marie. C'était si bien au début de devenir Nathalie, pense-t-elle en se souriant à elle-même. Ça a été excitant d'être une autre, d'être cette autre, d'être celle qu'il avait choisie, d'être inscrite dans le fertile, dans la nativité, dans un prénom qui partage sa racine avec Noël. Elle se souvient que ça a tout de suite été un soulagement énorme, ce Nathalie dont mon père l'a étiquetée. Elle se remémore l'éblouissement d'être, sous ce nouveau prénom, réenfantée, réenchantée. Sa langue fourche, les mots se bousculent sous ses paupières closes. Depuis combien de temps est-elle assise contre ce meuble indochinois revenu des colonies ? Elle se frotte les yeux. Elle a oublié qu'elle les avait maquillés. Il faudra tout recommencer, le fard, le mascara. Elle se dit que ça finira bien par tenir. Car dans cette journée inaugurale, elle a rendez-vous. Et il faut que Nathalie soit magnifique, définitivement magnifique.

Impossible de me rappeler comment ça a démarré, pour quelle raison cette Nathalie s'est substituée à moi-même, à Anne-Marie, mon prénom de baptême, continue-t-elle. Dès les premiers temps de leur histoire d'amour, mon père a dû très vite la renommer Nathalie. J'imagine mal que ce soit arrivé en cours de route. Sinon, elle se serait insurgée, elle n'aurait sans doute pas été d'accord avec l'irruption de cette autre entre elle et lui. C'est donc que cette autre a été là depuis le début. Ma mère sourit sous ses paupières lasses au souvenir du coucou qui résonnait dans les bois de Haute-Vienne. Il doit appeler en ce moment même, quelque part dans ces forêts où elle n'est plus retournée. Il annonce le printemps, la renaissance, le triomphe de la sève sur le froid mortel de l'hiver. Le mâle attire la femelle par son cri. Plus tard, elle pond dans le nid d'une autre espèce, ayant pris soin de le débarrasser d'un des œufs déjà présents pendant l'absence de l'oiselle, car cette dernière sait combien elle en couve. À son retour, si elle s'aperçoit qu'il y en a un de trop, elle les délaisse. Dans le nid qu'il parasite, le jeune coucou éclot quelques jours avant les autres œufs, qu'il va, dès les premières minutes de sa vie, éjecter un à un hors du nid en les tractant sur son dos, au prix d'un effort inouï. Il a alors pour lui seul sa mère adoptive flouée qui va se consacrer à le nourrir. Les femelles coucous colonisent les autres, confient leur oisillon parasite, qui lui-même, grâce à une tache rouge sur sa gorge, peut stimuler d'autres femelles qui lui donnent la becquée au passage. Nathalie est de cette race, se dit Nathalie qui se chauffe au soleil d'avril, appuyée contre le meuble indochinois, dans le salon de cette maison des Yvelines. Je me suis assoupie réalise-t-elle lorsqu'elle sent une chaleur sur sa joue. La siamoise bleue est-elle revenue ? Il faut qu'elle se secoue. Entre ses paupières qu'elle entrouvre, elle voit qu'elle est en plein soleil et ça lui fait un bien fou. Qui est cette Nathalie qui a pris ma place ? J'ai accepté cet accord tacite. J'ai consenti à cette fille qui m'a remplacée. Que ça a été bon de n'être plus moi. Accueillie dans la vie d'un homme, dans l'amour, en prenant la place d'une autre. Être celle qu'il voulait, c'était excitant. Oh non, je n'ai pas eu le sentiment de voler qui que ce soit, juste celui de récupérer ce qui m'était dû, cette chance, ce bonheur, songe-t-elle. Que ça a été bon d'être dénudée sous cette autre identité plus aimable. Je dois bien me l'avouer, j'ai adoré être elle. J'ai remercié cette autre. Je suis une actrice, se dit Nathalie, écroulée au soleil. Sous ses paupières closes, elle se rappelle comment l'une de ses filles, enfant, un soir à l'heure du film, s'était retournée vers elle dans le salon, parce qu'elle croyait voir sa mère à la télévision lorsque Anouk Aimée y était apparue. Ça lui met un léger sourire aux lèvres. Si quelqu'un la voyait maintenant, on pourrait la croire délirante. Le portail est-il fermé ? Le gardien peut-il me voir à travers les portes-fenêtres ? Un coucou va-t-il venir pondre ici ? Je divague. J'ai chaud. Je dois avoir les joues rouges. Ce 3 avril est devenu incontrôlable, il y fait une chaleur de juin.

9

Un jour, vers mes douze ans, dans une réunion de famille à la campagne, peut-être un enterrement, des membres d'une branche éloignée m'ont demandé : « Comment vas-tu, Anne-Marie ? » Ils me prenaient pour ma mère. Elle ne s'appelait plus Anne-Marie. Tout le monde ne la connaissait plus que sous le prénom de Nathalie, mais eux ne le savaient pas. Qui était donc celle dont ils se souvenaient ? Comment était-elle avant ? Avant mon père, avant sa rencontre, avant leur amour, avant qu'il ne décide qu'elle serait une autre ? Comment a-t-elle réagi les premiers jours où elle a porté son nouveau prénom, vers ses vingt-deux ans j'imagine, telles des chaussures neuves ? Tournait-elle la tête lorsqu'on criait Nathalie dans la rue ? Comment a-t-elle pu accepter de s'exposer à la disparition d'elle-même. Si son mari, son amoureux, son homme était mort avant elle, elle aurait perdu en même temps celui qui l'avait installée dans cette identité. Avec quel horizon a-t-elle acté cette démission extravagante ? Quelle promesse s'est-elle faite pour accepter que son nouveau prénom lui assigne une autre place que celle de sa naissance ? Il est probable qu'ils n'en aient jamais parlé entre eux. Que ce choix se soit imposé lorsque l'aveuglement amoureux rend possibles les impossibles. Comme cette femme qui va chercher son homme à l'aéroport et qui un jour cesse, comme celle qui partage tous les soirs le lit de celui avec qui elle vit et puis une nuit fait chambre à part. Après tant d'années de consentement à un autre prénom, comment ma mère aurait-elle pu devenir réfractaire à son pseudonyme, dire à celui qui l'avait nommée « je reprends mon prénom de naissance, je ne suis plus celle-ci », sans passer pour traîtresse au pacte qu'ils avaient passé ?

Elle est apparue à cet instant. En la regardant, les anciens se sont exclamés : « Ah, Anne-Marie, te voilà ! » Mais non, ai-je pensé, ce n'est pas elle non plus. Vous ne savez pas à qui vous parlez. Le savait-elle elle-même ? J'aurais dû leur demander qui était cette femme déplacée qui se faisait passer pour ma mère depuis des années, mais mon adolescence ne m'en laissait pas le temps.

10

Lorsqu'elle accouche de ses filles, il n'y a pas encore de dispositif d'échographie, ça commence à peine, ou peut-être qu'il y en a et qu'elle n'en a pas fait, ou peut-être qu'elle affabule, comme souvent. C'est donc en accouchant qu'elle découvre un second bébé, une jumelle qui vagit quelques minutes après la première. Ses pronostics s'effondrent. Elle a bien prévu un prénom pour l'enfant unique qu'elle croyait attendre, qui fonctionne dans les deux genres, fille ou garçon. Mais pour cette autre petite qui braille, un grand blanc, pas de plans. Rien n'a été programmé pour elle. Commence alors la difficulté de nommer cette nouveau-née hurlante, placée en couveuse immédiatement après sa naissance alors qu'elle n'est pas en danger, un peu légère peut-être mais rien de létal. Il faut éloigner d'emblée cette enfant qui perturbe, cet œuf en surnombre. Oisillon parasite. Pas attendue, elle n'a ni prénom, ni place. Dix-sept ans plus tard, un professeur de médecine apprendra à ma mère que cette enfant-là est née sans ovaires.

De cette femme vient cette fille, inscrite dans l'absence de filiation. Elle n'est pas attendue à sa naissance, elle n'attendra pas d'enfants elle-même. Cette double virginité lui vaudra son prénom, car, de la même façon que son mari choisit Nathalie pour annuler la jeune Anne-Marie, cette beauté brune rieuse sur un vieux cliché en noir et blanc, il déclare seul à la mairie leur deuxième jumelle inattendue, Virginie.

Pour cet homme, les choses ne sont pas plus simples. Rien ne dit qu'il n'a pas pleuré en silence, qu'il ne sent pas lui aussi le poids des événements malheureux sur son cœur. Il est mieux armé, c'est tout. Pourvu d'une aptitude à l'oubli phénoménale, il a le don de savoir recouvrir les événements par d'autres, plus légers, plus joyeux. Il préfère la vie aux tragédies. Là où son existence se vide, il comble sa femme, leur maison, leur jardin. En renommant ma mère, il la déplace hors de sa propre plainte, sur son territoire.

Parfois, elle pleure lorsqu'il pleut. Parfois, elle ne me dit pas bonjour pendant plusieurs jours lorsqu'on s'est disputées. La démission guette sans cesse. À tout moment, elle est capable de se retirer – l'été, elle nage si loin dans l'océan que ses enfants qui la perdent de vue pleurent sur la plage –, de refuser ce rôle de mère qu'elle a désiré mais dont elle ne sait pas quoi faire, puisque, trois fois, pour chacun de ses enfants, l'expérience de la maternité s'avère être une blessure. La réverbération de cette douleur l'aveugle. Elle vérifie sans cesse ses cicatrices. Il semble qu'elle ait senti un immense danger à guérir. « S'en sortir », comme on dit, ne pouvait être possible pour elle qu'au prix d'une certaine violence.

11

Un jour ma mère est partie. Oh oui, Nathalie se souvient de cette faille dans sa vie, qu'elle a voulu forcer, à la façon d'un *fracking*. Nathalie est partie, a laissé la plupart de ses vêtements, n'a rien dit à personne, a disparu. Le soir, son mari et ses enfants furent bien obligés d'admettre qu'elle ne rentrerait pas. Ce jour-là, elle a décidé de ne plus être la Nathalie de personne. Dans sa cavale clandestine – du moins pour ses enfants, tenus à l'écart des détails –, elle cherche à se le remémorer, sous quelle identité a-t-elle agi ? L'expression « nom de jeune fille » prend tout son sens pour elle. Elle a non seulement acquis un nom d'épouse mais aussi un prénom d'épouse. Elle change du tout au tout. Sous quelle identité ai-je bien pu vouloir partir ? se demande-t-elle dans l'un des rêves que sa conscience engourdie génère ce 3 avril. Sous ses paupières closes, elle cherche en vain à élucider cette histoire. À son retour, ses enfants adolescents ont su très peu de choses, sinon qu'il ne fallait pas en parler. Lorsqu'elle est rentrée, il était frappant de constater qu'elle demeurait animée d'une colère intacte. Claquant la porte, volcanique, en guerre contre cette Nathalie avec laquelle, au départ, elle avait conclu un pacte prometteur, et contre un mari trompeur. Peut-être était-ce ce qui lui faisait si peur en allant mieux, la réalité de sa propre puissance, dévastatrice.

Ce 3 avril, elle se pose la question : ce faux départ était-il une rature, la bouche d'une brèche que j'ouvre enfin aujourd'hui ? Les jours ont passé, puis les mois et les années, enfouissant davantage Anne-Marie en Nathalie, siamoises indissociables, comme ces cervidés excités par le rut ferraillant avec la tête d'un chevreuil mort dont les andouillers détachés de son cadavre demeurent embrochés à jamais sur les bois du vainqueur. C'est le poids du temps qui a enfoncé Anne-Marie, se dit-elle. Pourtant, elle ressent une sensation de légèreté inouïe qui serait agréable si elle ne grelottait pas autant car elle a froid, de plus en plus. Elle a hâte de rejoindre sa chambre au nord. Sa conscience altérée ne la laisse pas finir sa phrase.

12

Dès l'été 1942 commencent les transferts de travailleurs français vers l'Allemagne en guerre. Dans le cadre du STO, le service du travail obligatoire, des hommes sont faits prisonniers au service de l'effort de guerre allemand. Mais c'est probablement avant cette date que Pierre Faure est fait prisonnier. Sa fille, ma mère, la petite Anne-Marie, a cinq ou six ans peut-être lorsque son père entame sa captivité puis est enrôlé de force au STO. C'est du moins ce qu'elle croit savoir, ce qu'elle croit se rappeler. Mais de la part de celle qui ment, rien n'est certain.

Sa mère, ma grand-mère, Marie-Louise, se retrouve dans Paris occupé, avec leur enfant qu'elle doit élever seule. Il semble que Marie-Louise travaille. Sa petite Anne-Marie l'inquiète autant qu'elle l'encombre. Comment protéger cet enfant dans la capitale où tout devient hostile ?

Le sourire revient dans la tête de celle qui a refermé l'album photo. Elle se remémore la maison de campagne où elle est envoyée vers l'âge de cinq ans, quelque part en Ardèche, vers Valence, chez sa tante, la sœur de sa mère, épouse d'un pasteur protestant dont le nom alsacien à consonance allemande protège peut-être un peu cette famille de six enfants. Pendant près de six ans, elle va rester là. Au fil des années, elle grandit, heureuse, entourée de ses cousins qui deviennent ses frères, de ses parents putatifs, sous l'autorité bienveillante de ce pasteur rigoureux. C'est surtout sa tante qu'elle adore, cette tante Gabrielle, solaire, aimante, protectrice. Elle est accueillie avec joie. La campagne permet de se nourrir presque sans se restreindre. Anne-Marie brunit, en pleine croissance. Dans ce qu'elle se raconte de cette enfance, il n'y a aucune tache, pas de traces de larmes ou de désespoir, pas de manque de sa mère ni de son père. Où sont passés dans sa mémoire les lettres qu'elle reçoit, les dessins qu'elle envoie, qu'elle a forcément dû envoyer à ses parents, à sa mère au moins ? Ici, elle est une autre, s'autorise l'insouciance, la légèreté, l'enfance en somme. Gabrielle l'y encourage. C'est sans doute cette dernière qui doit faire le lien et transmettre à sa sœur parisienne des nouvelles de sa petite Anne-Marie, qui s'enquiert de son beau-frère prisonnier de guerre et qui doit garder pour elle les mauvaises nouvelles. Anne-Marie est la seule fille, ils n'ont que des fils. Alors ça la fait sourire en ce jour d'avril, quelque soixante-dix ans plus tard, d'avoir été unique au milieu des autres, d'avoir été placée au centre de l'attention. Elle se réchauffe à cette idée. Elle revoit Gabrielle, que ses cheveux blanchis très tôt auréolaient de lumière.

Elle a dû la coiffer, lui faire des tresses, lui brosser les cheveux. Elle entend encore son rire, car Gabrielle était d'un naturel joyeux, et ce « Anne-Marie » qui l'appelait, et sa voix vers laquelle elle se tournait. Elle se rappelle cette femme qui porte le prénom de l'ange annonciateur, surnommée Gabi dès l'enfance. Plus tard, ma mère chérira comme un cadeau ces six années d'exil ardéchois. Elle thésaurise cette enfance-là qui, au fil des ans, constitue le contretype éblouissant d'une spirale de chagrins qui l'aspire. Elle ignore quand et comment elle est rentrée chez ses parents, à Paris. Il est probable que cela se soit passé à la fin de la guerre. Elle ne se souvient plus de la réticence avec laquelle elle a retrouvé son père, ni de la façon dont il lui est apparu étranger. Il n'était probablement plus le même. Il rentrait parce que la guerre était finie, parce que l'Allemagne était vaincue, mais le perdant, c'était lui. Son enfant ne le reconnaît pas, son pays ne le reconnaît pas. Partout où il se tourne, il doit faire face à des comparaisons qui le diminuent, aux exploits de ceux qui relatent des faits de guerre, aux vainqueurs, aux fantômes. Devant ceux qui ont résisté, ceux qui se sont battus, ceux qui sont morts, ceux qui reviennent des camps, devant sa propre enfant qui ne voit plus en lui le jeune papa qu'il avait commencé d'être, il perd la face. Il n'appartient à aucune catégorie. Il n'est le héros de personne. La France entière regarde d'un sale œil ces prisonniers qui d'une certaine façon ont servi l'Allemagne honnie. Même s'il a été cantonné à la corvée d'épluchage de patates pendant presque cinq ans et qu'il n'a rien fait de mal, se dit-il, il revient en loser, sa fierté, son honneur, sa virilité, sa paternité piétinés par l'Histoire. Marie-Louise elle aussi se heurte aux changements de sa propre petite fille, une Anne-Marie qui entame sa préadolescence dans le chaos des retrouvailles. Et peut-être grandissent en la jeune épouse les premiers reproches, une certaine déconsidération à l'égard de ce mari revenu partager sa vie. Elle aurait voulu un autre enfant, mais son corps s'y refuse. Cet échec se double d'une hystérectomie totale. Les premières frictions entre elle et sa fille germent. C'est plausible. Personne ne se reconnaît. Sa mère n'est pas sa tante, cette femme aux cheveux blancs tant aimée, son père est un fantôme docile aussi meurtri par ce qu'il a vécu que par ce qu'il retrouve. Tous libres mais prisonniers du souvenir de ce qu'ils ont laissé, de ceux qu'ils furent, de ce qu'ils allaient être.

C'est sans doute à cet instant que j'ai commencé à regarder par la fenêtre, se dit Nathalie, à regarder ce qui allait venir, ce qui allait revenir, me revenir. C'est dans les turbulences des malentendus où s'abîme ce trio familial que mon père, lorsqu'il rebaptise ma mère Nathalie des années plus tard, répond de façon inconsciente mais précise au profond désir d'Anne-Marie d'être une autre. Par quelle prescience a-t-il su que j'attendais ça ? s'interroge-t-elle.

13

À Paris, ils ont quitté l'exposition. Ils vont déjeuner. Ils ne se tiennent pas par la main mais entre mon père et son amoureuse rayonne une chaleur insensée. Il a passé son bras sous le sien. Il a envie de tout écouter, de tout lui raconter. Elle sait, parce qu'il le lui a dit, qu'il est au bord du gouffre, qu'il n'en peut plus. Elle ne demande rien parce qu'ils n'ont plus l'âge des chantages, des « c'est elle ou moi ». Et puis il est si habile à danser sur les braises, à fuir, à laisser de côté ce qui le plombe. Elle voit cela comme une politesse merveilleuse. Elle a été mariée plusieurs fois et il aime ça. Il se flatte que cette femme ait eu des hommes, des maris, qu'elle ait été séduisante et qu'elle l'ait choisi. Ça démultiplie son excitation, son appétit de la séduire, de prendre sa place dans la liste, et peut-être d'y occuper un rang décisif.

Un jour, j'ai croisé le chanteur et compositeur Alain Souchon. Il me demande : « Vous êtes la fille de Jean ? » Non, Jean, c'est mon grand-père, le père de mon père. Souchon m'apprend que son propre père était un des meilleurs amis de mon grand-père paternel. Ensemble, dans la région de Toulouse, ils furent universitaires, professeurs, enseignants, étudiants, j'ai oublié. Le père de mon père était professeur de lettres et d'anglais, langue de ses premières amours lorsqu'il part à l'université de Belfast avant d'obtenir son agrégation à Paris quelques années plus tard. De la légende que les familles enrichissent au fil des ans, il demeure un souvenir – peut-être une fable : sa voix était si puissante qu'il pouvait donner cours à deux classes à la fois, toutes portes ouvertes. Il ne buvait presque pas d'eau, que du whisky et du vin rouge, il fumait deux paquets de Chesterfield sans filtre par jour. Féru de langue d'oc, médiéviste et poète, il traduisait les textes anciens des troubadours, écrivait et parlait l'occitan. Dans le prénom Guilhem, donné par Jean à mon père, son unique fils, résonnent l'imagerie de l'amour courtois, de la poésie, la vénération du cheval, de la chasse aux cerfs, du glaive et du luth. Guilhem qui a hérité de son père l'univers romanesque des troubadours voués à leurs inspiratrices, ces femmes à qui s'adressent autant leurs poèmes que leur bravoure, après des délibérations familiales infructueuses, déclare seul à la mairie la jumelle inattendue sous le prénom de Virginie. À cette époque, son propre père occupe le poste de maître de conférences à l'université du Minnesota aux États-Unis, avant d'être titularisé en 1968 à la faculté des sciences humaines de Limoges.

Dès la naissance des jumelles a commencé un concours pour nommer la surnuméraire restée en couveuse. Tout le monde s'y met. Marie-Louise conseille à sa fille Anne-Marie de ne pas s'attacher à cette enfant, « car elle ne vivra pas », déclare-t-elle. Le grand-père médiéviste évoque le nom d'une sainte corrézienne tandis qu'Anne-Marie devenue Nathalie suggère Guillemette, en souvenir d'une petite camarade de classe qu'elle aimait bien, sans mesurer tout à fait son désir de placer à jamais cette enfant imprévue entre guillemets.

C'est dans la région du Limousin, entre Haute-Vienne, Corrèze et Dordogne, entre Limoges, Tulle, Aubazine, Solignac, Turenne, Brive-la-Gaillarde et Uzerche qu'évoluent les troubadours limousins qu'étudie Jean, le beau-père de Nathalie. Sur ces terres, à Collonges-la-Rouge exactement, avec sa femme Denise, il va acquérir le castel de Benges en ruine, vers les années 1950. À la fois ultra-régional et voyageur, Jean parle aussi bien l'occitan que l'anglais ou l'américain. Dans le restaurant où il déjeune à Collonges-la-Rouge, il boit et fume ses Chesterfield en parlant si fort que les jumelles sont rouges de gêne. Lorsqu'il a vraiment trop bu, son fils le ramène en brouette vers le castel de Benges car la pente de la route risque de lui être fatale. Deux heures plus tard, il est comme neuf.

Ensemble, lors de leur déjeuner parisien, mon père et la femme dont il est amoureux rient de ces souvenirs. Elle lui raconte les siens. Il reconnaît en cette femme tant de choses. Elle a vécu aux États-Unis, lit en anglais, le parle parfaitement tandis que lui n'a pas cultivé la fibre anglophone de son père mais possède un appétit pour l'ailleurs. De son côté à elle, sa généalogie comme l'enfance de sa propre mère sont faites d'itinérances, de langues européennes, de conversions, de la religion juive vers le catholicisme, d'Europe centrale vers la France. Il aime ça en elle. Il aime qu'elle porte dans son sang cette universalité qui dilate tout ce qu'ils partagent. Ça faisait longtemps qu'il n'avait pas admiré une femme, qu'il n'avait pas eu envie de lui offrir un délire de mots, de phrases, d'images, de laisser éclore des citations, des bribes de poèmes. Elle l'inspire. Ce 3 avril, ils se le promettent, ils ne se quitteront plus. Il lui arrive quelque chose de plus vaste que lui-même, il le sent. Il met enfin un visage sur l'expression à laquelle il a voulu croire, la femme de sa vie. Un an plus tôt, lorsqu'il l'a rencontrée, il n'avait pas anticipé cet amour-là. Il commence à comprendre qu'il ne sera pas uniquement le plus beau parce qu'il pourrait être le dernier mais parce que quelque chose s'annonce dont il sent que ça s'apparente à du définitif.

Dehors, il fait un temps que les Parisiens qui ne sont pas partis en vacances de Pâques vivent comme un miracle. Il fait vingt degrés, les filles sont encore blêmes, à peine sorties de l'hiver. Paris ruisselle de soleil. Leurs pas les mènent vers la Seine. Ils déambulent au hasard. Au déjeuner, ils ont bu chacun un verre de vin qui colore leurs joues. L'étroitesse des trottoirs de la rue Bonaparte les contraint parfois à se séparer. Il regarde celle qui marche devant lui. Il la suivrait n'importe où. Au carrefour avec la rue des Beaux-Arts, elle se retourne vers lui. Il sait. Elle sait. Pas besoin d'en dire plus. C'est là qu'est le restaurant où il l'a invitée à déjeuner la toute première fois. Ils continuent vers la rive. À l'angle du quai Malaquais, ils rebroussent chemin, mieux vaut le secret des petites rues de Beaune, Lille, Verneuil. Ils ne se cachent pas. Elle est libre, lui pas. Mais à Paris, il ne connaît personne ou si peu. Il est plus incognito que dans sa banlieue ouest où il est devenu peu à peu le barde qui enchante ses amis avec ses poèmes, des rimes qui lui viennent et qu'il envoie à certains, signaux de fumée de sa résistance, de son entêtement à cultiver le plaisir de la belle tournure. Dans la secrète rue Allent qui relie les rues de Verneuil et de Lille que seuls quelques Parisiens connaissent, ils se redisent combien ils vont se manquer quand il sera rentré ce soir. Il est déjà seize heures. Ils repartent en direction de la rue Montalembert. Chez le taxidermiste Deyrolle, il veut lui montrer des spécimens de coléoptères identiques à ceux qu'il collectionne depuis des années. Il entrepose chez lui dans des armoires métalliques plusieurs dizaines de boîtes vitrées où sont épinglés dynaste Neptune, longicornes, scarabées, variétés de *Plusiotis* aux élytres glacés provenant du Mexique, d'Australie, du Costa Rica, de Nouvelle-Zélande, de Tasmanie, de Thaïlande… Chaque insecte est embroché sur une épingle au-dessus d'une minuscule étiquette écrite de sa main qui précise son nom latin, son genre, son origine géographique. Il a fait imprimer ces petits bouts de papier, tous du même format, spécialement pour lui, afin qu'après le mot « collection » figure son nom de famille en lettres majuscules. Les plus gros spécimens, certains peuvent atteindre dix à quinze centimètres, nécessitent plusieurs épingles pour maintenir en place les cornes ou les pattes arrière. Avec des correspondants, il échange des variétés capturées aux quatre coins du monde. Peu de femelles figurent à l'inventaire de ses trouvailles. Dans le règne animal, ce sont les mâles qui pavoisent, affichant des couleurs qui subjuguent, des cornes disproportionnées, des attributs de parade qui les transforment en navettes spatiales, aux profils ergonomiques, aux carapaces laquées d'irisations métalliques. Les femelles, plus petites, paraissent mornes en comparaison. Parfois, mon père travaille sur un insecte vivant qu'il faut tuer sans l'abîmer. Dans un Tupperware, de la sciure imbibée de cyanure l'empoisonne, la bête meurt en quelques minutes. Puis dans un autre bac, elle repose sur un lit de papier absorbant humidifié. Il ajoute une solution qui rend la carcasse imputrescible, répulsive pour les parasites, détruisant larves et œufs de chenilles. C'est cette dépouille ramollie par l'humidité qu'il travaille afin de lui donner la posture d'un insecte heureux, immobile, endormi sur l'étiquette où figure le nom de mon père. Après un certain temps de séchage, il est piqué à travers l'abdomen et rejoint une boîte vitrée.

Au sein de la faune empaillée de Deyrolle, ils sont quasiment seuls. Ils s'attardent sur tout, sans rien regarder vraiment. Qui d'autre voudrait s'enfermer en compagnie de cette arche défunte par un jour de si grand soleil ? Ils s'en moquent, tout à leurs confidences qui les transportent en dehors de tous les mondes. Il demande à voir des coléoptères. La vendeuse sort des boîtes de papillons. Il la reprend. Des coléoptères, madame, pas des lépidoptères. Il est onctueux, charmant, il la drague un peu. Elle adore. Il dit à la femme qu'il aime qu'il doit passer un coup de fil, qu'il en a pour quelques secondes. Il retourne au rez-de-chaussée, sort sur le trottoir pour appeler Nathalie, prévenir qu'il sera sans doute un peu en retard. Inutile d'essayer son portable, sa femme n'y répond jamais. Il appelle la maison. Le téléphone retentit longtemps dans leur chambre des Yvelines. Il laisse sonner encore et encore. Soit elle l'a débranché comme souvent avant de s'abîmer dans une migraine, soit elle est sortie. Il opte pour la seconde théorie. Il est rassurant que Nathalie consente enfin à profiter du soleil elle aussi, se dit-il.

Dans la partie basse du grand meuble-vitrine du salon de leur maison, des catalogues de voyage s'accumulent. Nathalie les feuillette de temps à autre. Elle corne les pages des destinations où elle aimerait se rendre un jour – mais quand ? Toutes ou presque se situent sous des horizons bleus, où des plages s'étirent en bord de mers tièdes et exotiques. Elle ne se sert pas d'un ordinateur. Elle ne surfe pas sur Internet. Si elle l'avait fait, elle serait probablement restée des heures rivée aux images retouchées que le rétroéclairage rend plus prometteuses que ses rêves. Au fil des années, les catalogues s'accumulent. Elle ne part pas. Son mari n'aime ni le sable ni la baignade. Ça aurait l'air de quoi si elle allait seule là-bas, franchement ? Emmener les enfants sans lui ? Impossible, et puis trop cher. Ces deux contraintes ne l'empêchent pas, l'encouragent même, à accumuler comme des trésors ces volumes qui placent ces mirages à sa portée. Parfois, elle en laisse un ouvert pendant des jours sur la table du salon. Message à l'adresse de ceux qui passent devant, c'est-à-dire nous. Preuve et reproche éclatants de sa sédentarité. Elle finit par ranger le catalogue avec les autres, derrière les portes closes du buffet. Sinon quoi ? Si tu bouges tout bouge, lui chuchote l'une des voix intérieures qui la tracassent.

14

Elle n'a pas toujours été celle-là pourtant. Je me rappelle ma mère travaillant aux côtés de mon père, en tant que pharmacienne d'analyses médicales dans le laboratoire fondé par lui. Ce qui, à mes yeux d'enfant, leur conférait un statut d'égalité. Puis elle a arrêté. Plus tard, elle s'est lancée dans des études à l'école de la parfumerie de Versailles. Pour travailler son sujet, elle avait rapporté à la maison un coffret rempli de fioles d'huiles essentielles et absolues. J'étais devenue fascinée par cette mère dont je sentais qu'elle voulait enfin, peut-être, se réinventer en nez pour la parfumerie. Avec elle, je reniflais les flacons. Ça m'emmenait dans des trips olfactifs déments. Odeur d'algue, d'iode, de bord de mer, de mousse, de sous-bois de Haute-Vienne, d'excréments avec le musc ou la civette qui me faisaient reculer en criant : « Ça pue ! » Elle riait. Elle m'expliquait les concrètes, les solides, les dilutions. C'était une des premières fois où je la sentais passionnée, amusée même. Et surtout, ce n'était ni les troubadours de son beau-père, ni le laboratoire de son mari, ni le Limousin, ni les catalogues de voyage, ni les coléoptères, c'était à elle, un monde à elle. Elle devenait spécialiste de quelque chose de féminin, de séduisant, d'artistique. Je l'imaginais en chef d'orchestre d'une marque de luxe dont les créations olfactives rejoindraient un jour les flacons à moitié vides qui prenaient la poussière sur l'étagère de sa salle de bains, vestiges de nombreux engouements et passades au profit de tel ou tel nouveau parfum. On s'habituait à First de Van Cleef & Arpels, elle passait à Ivoire de Balmain, puis c'était Chamade de Guerlain ou Shalimar, remplacé par Dioressence et ainsi de suite. Peut-être voulait-elle étonner son homme, ses enfants, ses amis. Peut-être voulait-elle perturber son sillage, peut-être s'imaginait-elle que chaque nouvelle aura parfumée déjouerait l'habitude, l'usure de sa présence. Ou bien tout comme entre Anne-Marie et Nathalie, il aurait fallu que quelqu'un d'autre choisisse à sa place. Je ne sais pas combien de temps devaient durer ses études de parfumerie, trois ans je crois. En tout cas, au bout d'un an, tout s'est arrêté. D'un coup. Je n'ai aucune idée de ce qui a motivé cet abandon. Le coffret aux flacons d'essentielles et d'absolues a disparu, son imbroglio de senteurs évaporé. Plus tard, elle a travaillé à la mairie de la petite ville des Yvelines où ils habitent. À la bibliothèque ou auprès du premier adjoint au maire, ce n'était pas clair. Ce flou prouve qu'elle raconte assez peu ce qu'elle fait ou que je ne sais pas l'écouter. Mais dans mon esprit, elle quitte la posture de chef d'orchestre olfactif pour un sacerdoce civique qui ne me fascine plus du tout. Je crois qu'à cette époque, je suis déjà en partance de cette maison familiale où j'ai commencé d'être insomniaque vers l'âge de douze ans.

15

Sur la route, la sortie de Paris est très encombrée. Qui sont ces gens qui ne sont pas en vacances ? D'où viennent-ils, alors que, comme je l'ai vu moi-même, Paris est si vide en ce magnifique 3 avril ?

Mon père repasse par la porte Dauphine, lambine jusque dans la montée vers le tunnel de Saint-Cloud. Les jours rallongent. La lumière plein ouest l'aveugle. Il rabat le pare-soleil. Le petit miroir lui renvoie son visage auquel il sourit. Il est heureux. Ce trajet qui le ramène chez lui, il l'a fait souvent. Les trente kilomètres qui le séparent de son jardin permettent une mue progressive. Il laisse derrière lui l'amoureux pour rentrer en mari. Il ne réfléchit pas au « machérie » qu'il lancera en ouvrant la porte. Il peaufine ses excuses, le but de sa journée, son déroulé, les oublis, les approximations. Car contre toute attente, Nathalie s'est mise à faire des scènes depuis peu. Il ne la veut pas je-m'en-foutiste non plus, mais il la préférerait vivante, distraite, occupée ailleurs, sortie de son obsession. « Ce n'est pourtant pas compliqué », s'entend-il dire à haute voix en voiture. Au fond, il rêve qu'elle fasse comme lui, ça réglerait tout. S'il ne l'a jamais quittée, c'est peut-être qu'une forme de solidarité à la frange de sa culpabilité le retient. Ou peut-être attendait-il précisément ce qui est en train de lui arriver, une femme, un amour plus grand que tout cela, plus puissant que la prudence. Alors il pense, « la pauvre ». Le nuage de mots galants, d'expressions et de surnoms affectueux ne l'enveloppe plus, ne suffit plus à maintenir ma mère dans l'illusion qu'elle est encore l'aimée. De ses dernières scènes, il transparaît qu'elle ne croit plus trop elle-même à sa propre révolte. Pourquoi s'énerver si c'est pour en arriver là ? Pourquoi pleurer ? Dans le brouhaha interne que génèrent les voix avec lesquelles elle délibère tout haut sans s'en rendre compte, elle lutte avec l'idée qu'il ne la retient plus. Quelques semaines auparavant, il a reçu une offre pour le castel de Benges mis en vente à Collonges-la-Rouge en Corrèze. Ce n'est pas une offre mirifique, ce coin de France n'intéresse presque personne, mais il est sur le point de l'accepter. Ça aussi, il veut s'en débarrasser. Sur cette terre des troubadours, Anne-Marie n'a été heureuse qu'à l'ombre de son grand-père pharmacien, revenu d'Indochine et d'Afrique pour établir au pays la grande pharmacie de Solignac. Son beau-père médiéviste dont la voix de stentor faisait trembler les murs, la fumée de ses Chesterfield, ainsi que sa femme, ancienne institutrice vénérant leur fils, ça, elle ne s'y est jamais habituée. Même après leur mort, ce lieu est resté empreint de leur présence. C'était leur territoire, synonyme d'étés caniculaires à l'ennui étouffant. Là, le baptême de son propre fils a été annulé par sa belle-mère. Là encore, elle a appris l'accident d'une des jumelles et s'est jetée dehors sur la terrasse en criant : « Pas elle, pas elle ! » Ce n'était pas la surnuméraire, c'était l'autre qui était entre la vie et la mort, celle qui la rassurait tellement, celle qu'elle avait attendue. Après plusieurs semaines dans le coma, sa fille de vingt-six ans a fini par se réveiller, mais ce n'était plus la même. Là, elle a vu grandir le petit-fils tant espéré, que son propre fils et sa belle-fille ont nommé, en offrande karmique, du prénom de son propre père. C'est un bonheur de voir ce petit garçon blond aux yeux bleus fureter partout dans les recoins du castel. Mais des années plus tard, une dispute terrible avec sa belle-fille qu'elle aimait pourtant tellement crée une distance irréversible entre elles. Ensuite, il sera pénible de continuer à passer des vacances dans ce lieu hanté par tant de souffrances. Mais voilà qu'elle se cabre à l'idée de vendre cet endroit. Elle ne veut pas, ne veut plus, prétend y être attachée, désire y retourner même. Mon père ne la comprend pas. Dans leurs conversations à ce sujet, elle se persuade que les voix qui lui parlent dans sa tête lui donnent raison, à Anne-Marie autant qu'à Nathalie. Celles avec lesquelles elle monologue la soutiennent. Ses chagrins qui, pense-t-elle, la légitiment, en fait, la disqualifient, lui ferment les portes. Elle n'est plus écoutée. La maison sera vendue. Il a beau lui prouver que c'est une charge, des soucis, des tracas de maintenance, que ça n'a plus lieu d'être, que celui que les tragédies diverses ont désigné comme leur unique petit-fils n'y vient plus, que la vie de leurs trois enfants est ailleurs, elle se cramponne à l'idée de cette demeure classée dont les cartes postales vantent la beauté au sein d'un village réputé l'un des plus beaux de France. Ce sont les dernières amarres qu'on largue à sa place. D'où vient la détermination de son mari ? Récemment, il a tronçonné de façon brutale deux platanes du jardin devenus envahissants. Dès le mois de mai, ils créaient une ombre noire en plein milieu de la pelouse. Après leur passage à la tronçonneuse, leurs branches maîtresses réduites à l'état de moignons font peine à voir. « Peu importe, dit-il, vous verrez, ça repartira dès février. Ils reprendront de plus belle. » Il disait vrai. Il aime faire place nette. Il a conscience du temps qui passe, que la vie rétrécit, alors vite, se délester de ce qui l'entrave. Il vend la maison de Collonges-la-Rouge pleine. Les draps, la vaisselle, le mobilier de poupée, les dizaines de pots à lait collectionnés par sa mère, les meubles qu'elle a peints au pochoir, les buffets qui grincent, les bibliothèques remplies de livres, tout, absolument tout y reste. Il s'en moque. Il n'en veut plus. Il veut voler, respirer, aimer, agir. Tandis qu'elle, sa femme, s'arc-boute devant ce qui se désagrège.

16

Avant mon départ pour le Japon, nous nous sommes parlé au téléphone ma mère et moi. C'est là qu'elle m'apprend que son mari voit quelqu'un d'autre, là qu'elle me raconte comment elle le comprend lorsqu'il lui révèle le restaurant de la rue des Beaux-Arts où il l'a invitée. Pourquoi le lui dit-il ? Je ne sais pas quoi faire de ce qu'elle me confie ni de cette connivence inattendue qui advient très tard dans nos vies. Depuis mes dix-huit ans, lorsque j'ai quitté la maison familiale, nous ne nous voyons que deux fois par an environ, à Noël et lors des anniversaires. Nous ne nous parlons presque jamais au téléphone. Quand nous nous voyons tous ensemble, c'est en général houleux, crispé, je n'attends qu'une chose, repartir. Je conduis ma sœur que je passe prendre chez elle avant de la ramener ensuite à Paris. Elle proteste doucement lorsqu'elle sent que je saisis mon manteau et mes clés de voiture afin de déguerpir de cette maison des Yvelines. Son « déjà ? », qu'elle m'adresse en me regardant à travers ses lunettes, me crève le cœur. De la paire de fausses jumelles que nous formons, elle est l'attendue, la prévue, la nommée, l'accidentée. Elle se sent bien auprès de Nathalie dont elle a toujours été proche. Oui, déjà, il faut que je rentre, j'ai du travail dis-je. C'est mon excuse. En réalité, j'ai la nausée. Je ne digère rien. Sur le chemin du retour, dans la voiture, nous faisons l'analyse de l'état de notre mère. Ça gêne un peu ma sœur qui a alors le sentiment qu'on en dit du mal. Je cherche à lui faire comprendre qu'analyser la situation n'a rien à voir. Je suis coupante, brusque. Elle se tait. On finit la route en silence. De retour chez moi, je mets longtemps à redescendre. Je file aux toilettes, mes intestins me tordent de douleur.

Mon retour du Japon était prévu le 29 mars. J'ai changé mon billet d'avion pour atterrir à Roissy au petit matin du dimanche 1er avril, quittant Tokyo à reculons. J'ai profité de mes derniers jours là-bas pour faire un aller-retour à Kyoto en Shinkansen, le train rapide qui sillonne le pays. J'y pars à la recherche d'antiquités japonaises que je fais expédier en France. Quelle joie de découvrir, des semaines plus tard lorsqu'il est livré à Paris, mon trésor, dans un emballage aussi beau que l'objet lui-même. Je me ruine dans ces achats, mais suis certaine d'avoir fait une affaire lorsque je compare les prix chez certains antiquaires parisiens. Avant de reprendre le train pour rentrer à Tokyo, je déniche dans une venelle de Kyoto un restaurant spécialisé dans l'anguille grillée dont je raffole. J'ai beaucoup moins faim après que le patron, si fier, me les montre vivantes, noires goudron, qui serpentent dans de grands bacs en plastique dans l'arrière-cour.

Lorsque l'appel de ma mère a fait sonner mon portable à Tokyo, je n'ai pas voulu décrocher, pensant au coût exorbitant d'une conversation téléphonique, redoutant de nouvelles confidences, un accès de plaintes. Grâce au Wi-Fi de la chambre d'hôtel, j'envoie sur son portable une photo d'un camélia, prise dans le parc d'Hibiya, pas loin des douves du palais impérial. La recevra-t-elle jamais, je n'en sais rien. Ces téléphones portables, elle n'y comprend pas grand-chose.

Un an plus tôt, exactement à la même date, j'avais renoué avec ma mère après deux années de brouille et de silence absolu. En guise d'ouverture, je lui avais envoyé par la Poste, le 21 mars précisément, une carte gravée d'une fleur de camélia en grisaille. Dessus, il était écrit « bonjour maman ». Mon père m'a répété à part qu'elle en avait pleuré. Comme d'habitude, elle s'était enfermée dans son grief, s'était aperçue que c'était vain mais n'avait plus su en sortir. Mon courrier avait ouvert les vannes. Son coup de fil à Tokyo, qui me parvient presque à la même date un an plus tard, a signifié peut-être pour elle l'anniversaire de notre réconciliation.

Dans les jours qui suivirent l'envoi du « bonjour maman », nous nous sommes parlé au téléphone, puis j'ai décidé de l'inviter à déjeuner, chez moi à Paris. Dès qu'elle accepte, je sens bien que l'une comme l'autre, pour des raisons différentes, nous n'en menons pas large. Des décennies de non-dits ont tissé entre nous un maillage inextricable de malentendus. Mais quelque chose me dit, sans savoir exactement quoi, que je dois faire ce déjeuner tant qu'il en est encore temps. Je me rappelle m'être formulé cette expression, « tant qu'il est encore temps ». Je n'ai aucune idée de la façon dont ça se passera, aucune idée de ce dont on discutera, mais je suis tout de même décidée à ne pas parler pour ne rien dire ce jour-là. Je nous cuisine quelque chose, je ne me souviens pas de quoi. Lorsqu'elle franchit la porte de mon appartement, ce n'est pas ma mère que je regarde, c'est Nathalie, cette femme que je m'apprête à recevoir en étrangère chez moi. Elle est embarrassée et touchante. Je ne suis guère plus à l'aise, mais j'ai l'avantage d'être sur mon territoire. Je lui demande si elle s'est bien garée, la fourrière passe souvent dans ce quartier. Elle me dit oui. Nathalie s'est habillée avec soin, s'est maquillée, a fait un effort. Moi aussi. Pour lui plaire, je la reçois pieds nus, car chaque fois que je porte des talons, elle le prend mal. Elle qui ne sait m'accueillir qu'avec des critiques sur ma couleur de cheveux, mon poids, mes vêtements, mon style de vie ou mes cernes, cette fois ne dit rien. Après le déjeuner, nous nous asseyons l'une en face de l'autre au salon. Alors je lui demande si je peux lui poser des questions. Elle se recroqueville. Quelques secondes passent, et puis elle répond oui. Je lui demande où était sa mère à l'accouchement de mon frère, son premier enfant, issu d'une grossesse sous Distilbène, médicament qui permet d'éviter une fausse couche mais qui a provoqué sur des générations de nouveau-nés des perturbations génétiques. Comment a réagi l'entourage devant cette première naissance qui apporte autant de joie que d'inquiétude ? Que dit son mari à Nathalie ? Comment réagit-elle lorsque la mère de ce dernier, sa belle-mère, annule le baptême de ce premier petit-enfant ? Qui la soutient ? Où trouve-t-elle du réconfort ? Elle se met à pleurer. Nathalie balbutie. Je lui tends des mouchoirs en papier. J'ai si souvent vu mon psy faire ce geste qui réconforte et engage si peu. Je suis incapable de la prendre dans mes bras, en fait je ne veux pas. Je ne veux pas pleurer. Je veux savoir. Par mes questions, j'essaie de crever l'abcès qui, avec le temps, a gangrené les facultés d'analyse de cette femme. Je veux lui dire qu'elle n'est pas en cause, que tout cela n'est pas de sa faute. Ni ça ni la malformation génitale qui m'affecte et m'a fait naître sans ovaires donc stérile. Je cherche à l'alléger, à la déplacer hors de l'autoflagellation systématique dans laquelle elle se complaît. À cette succession de malchances biologiques, s'ajoute l'accident de la route qui, après avoir fauché ma sœur jumelle lorsque nous avons vingt-six ans, la rend à la vie marquée à jamais par les séquelles de ce jour-là. Toutes mes interrogations échouent sur une hébétude trempée de sanglots. Elle ne sait répondre à rien. Ses « je ne sais pas » ponctuent chaque hoquet. Nathalie est venue chargée d'un grand vide, absente à elle-même, aux faits, aux explications, à sa propre vie. Bizarrement, et je m'en voudrai longtemps, j'oublie totalement de lui demander comment elle a consenti à son pseudonyme, ce Nathalie qu'elle promène qui, depuis tant d'années, a mis à mort Anne-Marie.

Le temps s'écoule plus vite que je ne le voudrais. Je commence à percevoir notre déjeuner comme un échec. Je la regarde en silence s'empêcher de pleurer encore. J'attends des mots, ce qui pourrait déboucher sur un soulagement, quelque chose de nouveau. Je suis étrangement calme, maîtrisée. Il n'y a plus ce malaise à couper au couteau si coutumier de nos rencontres, j'essaie de lui exprimer une solidarité, une neutralité bienveillante. Peut-être que je n'aime pas assez ma mère pour réellement la mettre à l'aise. Rien ne surgit de ce déjeuner. Vers quatre heures de l'après-midi, le silence domine, je la sens sonnée, fatiguée. Elle décide de rentrer. Je lui répète que je ne la vois pas comme fautive, l'invite à faire de même mais elle n'est déjà plus là, bien que physiquement elle se penche pour m'embrasser sur les deux joues.

Pourtant, elle a été joueuse, passionnée de bridge. Je la revois, à certains retours d'école, dans l'appartement du grand complexe d'immeubles des années 1960 où nous habitons, centrés autour d'une immense piscine qui l'été devient une source de cris d'enfants permanents, où notre rez-de-jardin permet à tout le monde de jeter un œil chez nous ; je la revois là, jouant aux cartes avec ses amies. J'adore la surprendre dans ses parties de jeu. Je la trouve fascinante.

Dans le salon, leurs parfums se mêlent à la fumée de leurs cigarettes. Elles parlent presque une langue étrangère, car je ne comprends pas les termes utilisés au bridge. Que signifient les expressions « faire le mort » ou « je passe », qui évoquent à mes oreilles d'enfant des gens qui disparaissent ? Elles sont pourtant bien présentes, ma mère et ses trois amies, qui enchaînent les parties, leurs clopes débordant des cendriers, nimbées d'un mystère occulte, et qui tapent le carton comme des mecs, à l'écart de leurs hommes. J'aime que ma mère reçoive chez elle, sur ses terres, qu'elle soit, en tout cas c'est ainsi que je me la figure, la meneuse de bande. À cette époque, ça me plaît de découvrir Nathalie prise dans une stratégie de gagnante, concentrée sur le prochain coup qu'elle médite afin de rafler la mise, qui écoute à peine les histoires que je lui raconte en rentrant de l'école, imperméable à mon enfance, prêtant peu attention au fait que sur le trajet du retour vers l'appartement, en serpentant à travers un parc que les enfants baptisent « le raccourci », un exhibitionniste m'a montré son sexe. Après m'avoir invitée à m'asseoir près de lui grâce à des mots qui m'hypnotisent, peu à peu, je perçois qu'il se masturbe sans comprendre ce que c'est. Les à-coups de sa main sur sa verge s'accélèrent alors qu'il continue à me bercer de paroles enjôleuses, puis il sort son sexe et me demande de le toucher. Je comprends que quelque chose ne va pas. Je détale à toute vitesse, du moins aussi vite que mes petites jambes me le permettent. Je suis si perturbée que je percute un enfant qui arrive en sens inverse à vélo. Un peu KO, je me relève et continue ma course folle pour retrouver notre immeuble. En rentrant, elles sont là, cigarettes et cartes en main. Dans mes souvenirs, aucun moyen de savoir où se trouvent ma sœur et mon frère. Il me semble que je suis seule lorsque je déboule dans le salon, rouge, essoufflée, agitée, encore secouée par ce qui vient de se passer. « Maman, maman », dis-je en essayant de capter son attention. Il est probable que mon récit est incohérent, que je ne trouve pas les mots pour dire ce que j'ai vu. J'ai les genoux éraflés après ma collision avec le vélo. Je sens que je dérange tout le monde, que mon histoire est déplacée par rapport à la situation. J'hésite entre tout lâcher et ne rien avouer. Pourtant, c'est un flot de paroles qui sort de ma bouche, un récit morcelé, un jet continu de détails et d'approximations. Plus je tente d'expliquer, plus je m'embrouille. Un chien dans un jeu de quilles, voilà ce que je suis. J'ai peut-être pleuré. Je ne me le rappelle pas. Alors enfin, ma mère, toute à ses cartes, jette un œil sur mes plaies et demande : « Mais qu'est-ce qui t'est arrivé ? » Prise dans le récit de ma mésaventure, je m'entends lui répondre « c'est quelqu'un qui est rentré dans moi », expliquant l'accident de vélo. Les joueuses rient avec ma mère. Je suis interloquée mais plutôt que de comprendre qu'elles ne m'ont pas écoutée, j'en conclus que ce n'est pas si grave.

En retournant ranger le salon où nous avons discuté, je me rassieds à ma place face au fauteuil laissé vide par ma mère. Restent sur la table basse ses mouchoirs en papier encore humides. J'allume une cigarette. En discutant avec mon psy depuis des années de celle qui vient de partir, j'arrive à cette conclusion : mieux vaut ne rien tenter, ne plus changer quoi que ce soit. Ce serait en fait une catastrophe. Une autre tentative avait échoué, juste après l'accident de ma sœur. Notre mère effondrée s'enlisait dans le chagrin, ses heures de prières à la chapelle n'apaisaient rien. Ma sœur était dans un coma profond. Mon père et moi, on s'occupait de la maison, on buvait, on ouvrait les fenêtres pendant que Nathalie sombrait. De guerre lasse, je l'ai suppliée d'aller consulter quelqu'un, en lui expliquant que nous n'étions pas assez forts pour subir ses larmes, pour étancher son chagrin. À ma grande surprise, elle a accepté mais à une condition, que le thérapeute soit catholique et qu'il consulte dans le seizième arrondissement de Paris. Je suis restée un peu interdite par la précision des critères énoncés de la part de celle qui n'était plus que l'ombre d'elle-même. Soit.

Mon psy de l'époque m'a recommandé l'un de ses confrères. Catholique, exerçant dans le seizième arrondissement.

Une séance a suffi pour qu'elle ne le revoie plus, qu'elle crie au loup, qu'on ne l'y reprendrait pas. Que s'est-il passé lors de cette consultation unique ? Aucune idée. Impossible de le lui faire dire.

En finissant ma cigarette, je devais bien admettre que cette femme avait boulonné son endurance sur le chagrin et non sur l'envie de vivre.

17

Sur la route, il a enfin laissé les embouteillages. Mon père se rapproche de la résidence. Il prend à gauche vers la maison après avoir longé les champs. La soirée est magnifique. Il a passé une journée idyllique. Il est plein de son bonheur. Avec sa femme, ils dîneront peut-être dans la véranda, portes ouvertes sur le jardin. Il regrette bien sûr de manquer cette soirée lumineuse avec celle qu'il a laissée à Paris, celle qui occupe toutes ses pensées, mais ça n'est que partie remise se dit-il. On va vers l'été. Il y en aura d'autres. En passant, il a vu le courrier dépasser de leur boîte aux lettres. Pourquoi est-il toujours là ? Il se gare dans l'allée, met la clé dans la serrure. « Ma chérie ? » Silence dans la maison. Ces derniers temps, elle ne répond plus guère. Elle doit être quelque part. Dans la cuisine où il part se servir un verre d'eau parce que ce vin du déjeuner lui a donné une soif terrible, il n'y a pas trace d'un dîner qui se prépare. Il traverse le salon pour retourner dans l'entrée. Au passage, il remarque la porte du meuble indochinois ouverte.

Machinalement, il la referme. Il note que l'album photo a été manipulé puis replacé, en désordre. Cette maison, ça avait été un grand pas en avant dans leur vie. Contracter un prêt, s'endetter avec un remboursement sur vingt ans mais au moins, il avait un jardin à lui. C'est une résidence d'une dizaine de maisons. Ça leur paraissait cossu, plein de promesses. Pas loin, il y a un golf réputé, Nathalie trouve ça chic. Ils se sont juré qu'ils s'y mettraient. Et puis pour les enfants, ce jardin, c'est formidable. Ils seront inscrits dans de bonnes écoles catholiques. Au moment de faire une offre, leur cœur battait si fort. Ils étaient un peu fous mais c'était excitant, ils étaient au diapason. Ça la rendait tellement heureuse. Ils avaient accordé aux enfants l'hystérie délirante de crayonner, au feutre, à la peinture, avec ce qu'ils voulaient, sur le vieux papier peint de leurs chambres car ils allaient changer tout ça. Ils avaient fait leurs calculs. Tant pour la maison, tant pour les travaux de décoration. Repeindre tout de frais, changer les revêtements des murs et des sols, équiper la cuisine. Ça leur paraissait immense, cet endroit. Les enfants s'en étaient donné à cœur joie. Ensuite, c'était lui qui un à un, avait collé les lés de papier, avec l'aide des gosses. Ils les avaient consultés pour leur chambre, quant au reste, c'était leur choix. La-chambre-des-parents, disaient leurs enfants, la seule avec une salle de bains attenante, leur donnait l'impression qu'ils avaient leur « suite ». « La suite parentale », déclarait d'ailleurs l'annonce immobilière, « bien séparée des espaces de vie ». Nathalie avait choisi un papier peint Laura Ashley car elle aimait ce goût anglais, cosy, naïf, enveloppant. La moquette était bleue, comme les murs garnis d'un semis de microfleurettes et le téléphone en plastique posé sur un meuble peint dans différents tons de bleu. Celui de l'entrée était ivoire. Souvent, il trouvait les téléphones débranchés. Elle souhaitait ne pas être dérangée. Plus tard, ils avaient été remplacés par des combinés sans fil.

Machinalement, il dit son prénom. Nathalie ? Silence.

Lorsqu'il ouvre la porte de leur chambre, « ma chérie » est là, étendue sur leur lit qu'elle a refait. Elle n'a pas sur ses yeux le mouchoir qu'elle pose comme aux jours de migraine. Elle ne s'est pas couverte d'un édredon ou d'un châle. Il comprend que c'est différent. Elle est allongée, dans une robe qu'il ne lui a pas vue depuis longtemps, yeux fermés, ses pieds chaussés d'escarpins. Elle porte des bijoux. La fenêtre est grande ouverte, ses volets clos. Il s'avance, lui touche les mains, le front. Elle est glacée. Il l'appelle. Il panique, il pleure. Nathalie, Nathalie, réveille-toi. Il comprend. Il sait. Elle est étendue, sa robe parfaitement disposée, un bras le long du corps, l'autre sur son ventre, là où elle s'allonge d'habitude dans leur lit, sous le crucifix.

À qui téléphoner en premier ? Les pompiers ? La police ? La femme qu'il vient de quitter ? Son fils ? Est-ce qu'il attend encore un peu ? Il cherche des yeux un signe, une lettre, un message. Il regarde près du téléphone, dans l'entrée, dans la cuisine, dans leur salle de bains. Il monte aussi vite que possible vers son bureau, dans l'ancienne chambre de Virginie qu'elle a transformée. Il ouvre le meuble secrétaire dont il referme l'abattant sur un désordre de papiers, factures et photos. Rien. Rien nulle part. Alors il se met à pleurer. Il laisse un message sur le portable d'une de ses filles. Il appelle son fils. Il est seul.

18

Deux fois par semaine, le mardi et le jeudi. Parfois le samedi. Quai de Bourbon. Monter les escaliers de cet immeuble du XVIIe siècle sans ascenseur, jusqu'au quatrième étage. Sonner. Il ouvre puis disparaît derrière la tenture en velours vert élimé, là où sa main saisit l'étoffe depuis des dizaines d'années. Patienter. Entendre un murmure, puis le bruit de l'autre porte qui s'ouvre lorsque le patient précédent part enfin. Parfois, je fais des scènes à mon psy, lui reproche d'avoir débordé sur mon temps de parole à cause de la séance d'avant. Parfois, je lui fais remarquer avec dégoût que le divan où je m'assieds est encore chaud. Il sourit. J'ai identifié une patiente qui porte du Guerlain. L'heure bleue, je crois. Un autre fait toujours beaucoup de bruit lorsque ses pas appuient lourdement sur les marches en descendant, avant que mon tour ne vienne. Ce n'est pas une salle d'attente, c'est plutôt un réduit où l'unique fauteuil haute époque paraît provenir du fond des âges. Les deux portes d'entrée permettent que le patient entrant ne croise pas le sortant. Je me suis mise à adorer l'usure de ce lieu, son parfum de tabac brun fumé là depuis toujours. D'ailleurs, pendant mes séances, où il ne manque jamais de me demander si cela me dérange, je l'imite, nous fumons ensemble. Je n'ai jamais de cigarettes, je prends les siennes. Des Cohiba, pas des cigares, des cigarettes brunes qu'on ne trouve plus qu'en Espagne. Je sais qu'à la troisième se profile la fin de l'entrevue. Deux fois par semaine et parfois le samedi, je rejoins l'île Saint-Louis, dénichant toujours une place de poche pour garer ma Smart. Les jours de très grosses chaleurs, l'immeuble exposé au nord conserve derrière ses murs épais une fraîcheur d'air conditionné. Deux fois par semaine, les mardi et jeudi soir, à sept heures quinze et parfois le samedi matin, à neuf heures. Mon psy est âgé, il ressemble à l'écrivain Jorge Luis Borges, a été ami de Derrida et de Baudrillard, il écrit des livres savants – il m'en a offert un – auxquels je ne comprends rien. Parfois je redoute qu'il s'en aperçoive. Il me cache qu'il le sait.

Ici, des milliers d'heures, de mots et de silences. Ici, Nathalie, Anne-Marie, Guilhem et tous les autres ont peuplé mon temps de parole tarifé. J'aurais pu, pour la même somme, m'acheter une maison, une très belle voiture en tout cas. Tous ces gens, les miens, les autres, évoqués entre ces murs qui donnent sur la Seine, je les nomme mes êtres chers, très chers. Lui, je l'appelle docteur. De temps en temps, cher docteur, lorsque je fanfaronne. Ici, je raconte la Haute-Vienne, les Yvelines, la Tasmanie, le Japon.

Cet homme admirable sait m'entendre, et parfois ne pas m'écouter. Il a raison. Il sait m'attendre aussi. C'est sa force. J'ai peur qu'il meure. Ça m'est tellement insupportable que c'est fugace, aussitôt recouvert par le fantasme de son éternité.

Je biaise. Je m'assois sur le divan, je ne m'allonge pas. J'ai essayé, ça me tétanise. Plutôt que sur le fauteuil qui lui fait face, j'ai préféré m'asseoir sur le divan pour le voir, sur ma droite, et capter dans le contre-jour son regard qui passe par-dessus ses demi-lunes de lecture. Il m'a accordé cette tricherie-là, ne plus m'étendre sur le divan, et ainsi sortir du mutisme. La fenêtre donne sur le quai et la Seine. Les soirs d'hiver, le reflet des phares des Bateaux-Mouches glisse sur les murs de suédine vert bouteille. Nous parlons de Venise où il séjourne de plus en plus. Il prévoit de s'y retirer à plein-temps. Il me prépare à cette idée. Je lui raconte ma phobie de l'effondrement. Ça me prend sur les balcons d'immeubles anciens, dans des appartements d'amis où il faut fumer dehors, j'imagine que ce perchoir de pierre va flancher. À Venise, lieu qui m'a toujours collé un blues terrible, la hantise de l'ensevelissement me poursuit. Je ne cesse de voir, derrière la beauté des palais sur l'eau, la pourriture rongeant par en dessous, dans la vase silencieuse, les pieux de bois qui soutiennent la cité lacustre. Comme si cette ville était atteinte d'une gigantesque mycose. « Parlons-en », dit-il. Je n'ose pas lui avouer que je redoute qu'elle l'engloutisse lui aussi, qu'il ne revienne jamais de ce lieu qu'il adore. J'ai la phobie de la perforation.

L'aiguille qui perce la veine, la boucle d'oreille qui passe dans le trou du lobe. « Parlons-en », dit-il. J'ai la peur panique que toute ma vie soit construite sur du sable, que rien ne tienne, que rien de ce que j'essaye d'édifier ne soit solide, que tout soit réduit en un instant à un tas de gravats pour vice de construction. J'ai l'obsession de ma propre insuffisance. Je me moque totalement de faire du shopping, de choisir des chaussures, des sacs ou des vêtements, mais j'entasse chez moi des boîtes et des boîtes de compléments alimentaires trouvés à New York, où je vais alors souvent et où les caissières agacées me reprochent que ma carte bleue ne passe pas. Comment payer les centaines de dollars de compléments et vitamines qui ont rempli mon panier ? Ça fait longtemps que j'ai trouvé l'astuce de payer la somme moitié-moitié, en deux transactions de carte bancaire successives. Ça fonctionne. Quelques heures avant de rentrer à Paris, ma moisson de dizaines de gélules de vitamines est méthodiquement rangée dans la valise car je suis retournée plusieurs fois à différentes adresses, persuadée que ce n'est jamais assez, jamais assez performant, jamais assez dosé. « Parlons-en », dit-il. Il est drôle aussi. Il m'apprend que l'humour peut faire partie intégrante du travail que je fais avec lui ici depuis des années. Il est assez virtuose pour organiser des entorses au strict contrat analytique, pour qu'elles me fassent avancer sans que je ne m'en rende compte, tout en restant à sa place.

Ce 3 avril, lorsque je vois sur l'écran de mon téléphone en mode silencieux que mon père m'appelle, on est vers la fin de la séance du mardi. La troisième Cohiba a été fumée. Je dis « Ah, mon père m'appelle. Pas grave, je le rappellerai tout à l'heure. » On en était où ? Ah oui, mon voyage à Tokyo d'où je rentre, l'angoisse de Venise où mon psy me dit qu'il va partir. Je le taquine un peu en lui reprochant de me fuir. Il sourit sans répondre. Notre numéro est très au point. Cher docteur. En fait, il fait si beau dehors que pieds nus dans mes sandales plates, je rêve de traîner dans un café avec des amis pour un verre et des cigarettes à Saint-Germain-des-Prés. Je veux saisir ce printemps. Au pied de l'immeuble, rituel immuable depuis des années, je consulte mon téléphone, les appels manqués, les messages laissés pendant ma séance. C'est ma façon de renouer avec la vie, la vraie, celle qui gifle, alors que là-haut, dans la pièce de suédine verte, j'ai toujours l'impression que c'est d'un monde parallèle que je parle.

Mon père a laissé un message. Je l'écoute en faisant quelques pas vers ma voiture. Après le bip, j'entends sa voix, « ma chérie, c'est ta mère... », dit-il. Et puis il pleure. Je pile sur le trottoir. Sans attendre la fin du message, je le rappelle. Il a l'air dépassé, il vient de se produire quelque chose. « Elle est... elle s'est... » Je l'interromps, « j'arrive », je dis, sans le laisser finir. Je raccroche. Immédiatement mon cœur s'accélère. Quelque chose est advenu dont je sens bien que ça nous engage, moi et ma famille, dans l'irréversible. Quelque chose s'achève mais je sens que tout commence. Sans réfléchir, je rebrousse chemin, tape le code de l'immeuble du quai de Bourbon que je fais depuis des années, qu'il m'est arrivé parfois d'oublier totalement, clouée devant la porte close. Je monte les escaliers dans un boucan d'enfer, je sonne et sonne encore à la porte de mon psy. Quelques secondes passent, j'entends ses pas, il ouvre la porte, celle des sortants, pas des entrants. Il a l'air étonné. Je rentre de force dans cet appartement, je dis « ma mère, ma mère… », essoufflée par les escaliers. « Oui ? » répond-il avec un calme qui m'encourage. « Ma mère… Elle est morte. » Je tremble des pieds à la tête, je pleure. Il me prend alors les mains et dit « Je suis là. »

19

Dans la Smart, je fonce. Retour habituel vers la porte Dauphine, pas loin de laquelle j'habite ; les quais sont assez chargés, je godille entre les voitures. Je ne m'arrête pas chez moi, je fonce directement vers le périphérique et l'autoroute de l'Ouest. Je me faufile, je klaxonne, je passe à l'orange, je force. Dans la boîte à gants, au milieu d'un foutoir d'allumettes, d'une lampe de poche aux piles usées, de mon flacon de parfum, d'un tournevis dont je ne sais pas ce qu'il fait là, j'exhume un paquet de cigarettes blondes, j'en sors une, d'une seule main. La voiture fait des embardées. À un feu rouge, j'en profite pour l'allumer. J'ai la main qui tremble tellement. J'ai ouvert les fenêtres. Au vacarme de la circulation s'ajoutent les cendres qui volent partout et manquent de mettre le feu à mon pantalon. Je jette le mégot d'un geste rageur lorsque je dévale la rampe de la porte Dauphine. Obligée de ralentir sous le premier tunnel, j'en rallume une autre, fenêtres fermées cette fois car je vois que la montée vers le tunnel de Saint-Cloud se dégage déjà. Le moteur répond aux poussées d'accélérateur qui laissent derrière moi tout ce qui bloque ma route. J'émerge du tunnel avec appels de phare et clignotants, je fonce vers cette maison des Yvelines.

Lorsque j'arrive non loin de la résidence, une voiture de police débouche en sens inverse et prend la route qui mène au centre du village. Je m'engouffre en freinant à peine. Sur le parking, d'autres véhicules de police, des gendarmes, la voiture de mon frère aussi. Je ne me gare pas, je jette presque la Smart en route. Je sors en trombe, je cours vers le portail grand ouvert. Des policiers tentent de m'intercepter, je leur hurle en les esquivant « Je suis sa fille ». La porte d'entrée est béante, je m'engoufre dans la maison. Il y a partout des gens en uniforme. Quelqu'un m'empêche l'accès à la chambre de mes parents, dont la porte à peine entrouverte laisse voir des flashs qui crépitent. Je redis, « je suis sa fille, je suis sa fille ». Mon frère déjà sur place me calme, m'invite à le rejoindre dehors. Je ne vois pas notre père, je lui demande où il est. « Il vient de partir. Il est en train d'être entendu par la police », me dit-il. Quoi ? C'est normal, c'est la procédure. C'est lui qui l'a trouvée. Soudain je me calme, il faut que je respire. J'enchaîne les cigarettes. Mon frère doit repartir, mais avant ça, un policier arrive vers nous. Il demande « C'est quoi ça ? » Ça, c'est ce mot où mon père a écrit « Ma chérie, tout ça n'est rien, c'est toi que j'aime ». Je regarde l'officier de police et je réponds avec une présence d'esprit qui me sidère encore « Vous voyez, il lui disait tout. Ce n'est rien. C'est juste qu'il lui disait tout ». Le policier m'observe sans rien dire, jaugeant la forte tête qui vient de débouler dans cette histoire. Je sens qu'il a envie d'ajouter quelque chose, mais il lâche mon regard au bout de quelques secondes et rejoint ses collègues. Ce qui me frappe, moi, c'est que mon père a conclu ce mot de sa signature, comme un courrier officiel, un formulaire, un chèque. Je me retourne vers mon frère. « Tu savais pour cette autre femme ? » je lui demande. « Non, je découvre. » De la maison proviennent des bruits de gens qui ouvrent les placards, les tiroirs, fouillent, photographient, collectent des indices. Quelque chose assombrit le soir qui tombe. Une odeur de pluie est dans l'air. Mon père revient. Nous nous prenons dans les bras. Dans le jardin, à quelques pas de la maison, je lui raconte le mot trouvé par la police. Je murmure « Tu leur as dit pour cette autre femme que tu vois ? » Il dit « Oh non, tu sais, il ne faut pas tout dire ».

Les policiers s'en vont un à un. Pourquoi l'un d'entre eux met-il en route sa sirène qui résonne au lointain ? Peut-être veut-il rentrer chez lui plus vite après une journée de travail dont il n'avait pas anticipé la fin.

Dans la maison, je pousse la porte de leur chambre. Elle est là, allongée sur la partie du lit où elle dort d'habitude, dans sa robe bleue, la fenêtre ouverte, les paupières maquillées, les pieds chaussés d'escarpins, ses bijoux en or aux oreilles, au cou, aux doigts, alignée sous le crucifix.

Plus tard, mon père se précipite en provenance de la cuisine. Il brandit la cafetière intacte qu'elle n'a pas touchée. Il s'exclame « Regardez, elle n'a pas pris son café ». Je l'observe, bouche bée. Je ne comprends pas pourquoi il fait ça. Une preuve de son innocence ? Il se veut enquêteur ? Je bredouille « Ah oui. » Il n'y a rien à dire. Plus rien.

20

Sur nous tous a commencé à rejaillir l'immense violence du dernier geste de ma mère. Elle a dégoupillé une bombe. Nathalie s'est rendue scandaleuse, parjure, sacrilège, elle a défié les règles, sa passivité, notre endormissement, notre lassitude à ses plaintes, tout. Elle s'est récupérée tout entière. Elle nous envoie une décharge, telle une anguille noire, l'air de dire, vous voyez, je ne suis pas là où on m'attendait. Elle nous coupe la parole, nous laisse sans voix.

Dans les heures qui suivent, il faut s'organiser. Mon frère repart chez lui. Je dois prévenir ma sœur. Il est hors de question de le faire par téléphone. Je conviens avec mon père de retourner à Paris lui parler avant de l'emmener le soir même dormir ici.

Enchaîner les cigarettes, faire le trajet dans ma tête. Passer d'abord chez moi, rassembler des affaires en un bagage léger, puis aller prévenir ma sœur et revenir ici avec elle.

Dans mon appartement, je suis une machine, méthodique, rationnelle, dans l'urgence. J'ai adopté un chaton. Un gouttière adorable qui, vers l'âge de quatre mois, montre des signes de folie. Dès que j'ouvre le frigidaire, il se jette dedans, et tapi au milieu des légumes, se retourne et me nargue. La nuit, il traverse mon visage comme un terrain de sport, ne tient pas en place, multiplie les dégâts. Je vis dans une valise, je voyage sans cesse. Je ne suis jamais là. À mes retours, ma solitude me saute aux yeux. C'est dans le but de continuer à formuler des mots affectueux, des « mon chéri » ou « mon bébé, mon adoré », que j'ai pris ce chaton. Je redoute de perdre l'usage des mots tendres, telle une langue vivante qui mourrait, tombant dans l'oubli faute d'être parlée. Mais quelle idée d'être allée adopter ce chat alors que je n'ai pas le temps de m'en occuper. Je l'ai appelé Portnoy, allusion à l'écrivain Philip Roth. Il est ravissant, mais il m'exaspère. Portnoy, mais je ne veux pas m'en apercevoir, ne fait que me renvoyer à mon état de tension permanente, ma colère contre moi-même de ne pas savoir rencontrer quelqu'un, de fuir ma solitude, mon exaspération générique face à ma vie. Ce soir où je déboule chez moi comme un missile pour empaqueter quelques affaires, mes médicaments pour dormir sont la première chose que je place au fond du sac, routine accomplie lors de chaque voyage. Le Rivotril m'envoie en quelques gouttes dans des nuits sans rêves d'où je ressors impeccable. Il me permet d'avaler les décalages horaires, de ne rien ressentir, et surtout d'écarter tout risque d'insomnie, mon habitude et ma hantise. Le temps s'est assombri. Des nuages annoncent la pluie.

La météo tourne. Je troque mes sandales pour des baskets, j'entasse quelques pulls. Portnoy, qui sent ma tension, panique et fait ses besoins sur le plan de travail de la cuisine. Alors je lui parle et après m'être excusée auprès de lui, je le menace. « Ah non hein ! Pas de débordement, pas un de plus, hein ! » Je crie dans le vide. Je ne tolérerai rien qui me fasse dévier de l'énergie qui commence à monter en moi, « rien tu m'entends », je hurle au chat. Je ressors le Rivotril de mon sac et en verse deux gouttes dans son bol d'eau fraîche. À bout d'énervement, je l'ai déjà fait. Portnoy, après quelques minutes, devient une chiffe, s'endort de tout son long, ce qui m'assure au moins trois ou quatre heures de tranquillité. Le jour où j'ai révélé ça à la vétérinaire, elle m'a simplement demandé si je voulais le tuer. Mais ce soir, pas moyen de faire autrement. Portnoy me gêne.

Par téléphone, j'ai ensuite prévenu ma sœur que je passerais la chercher. « Pourquoi ? » s'alarme-t-elle, craintive, sentant que quelque chose cloche. Je lui réponds, en contrefaisant une douceur qui l'alarme « C'est maman, je t'expliquerai. » J'ai très très peur que ma sœur s'effondre, qu'elle ait très mal. C'était « sa petite maman ». Chez elle, lorsqu'elle m'ouvre sa porte, il doit être neuf heures du soir, je vois qu'elle a déjà beaucoup pleuré. Elle dit qu'elle a appelé à la maison mais que ça ne répond pas. Nous sommes convenus avec mon père de faire passer la mort de sa femme pour un arrêt cardiaque. Je regarde ma sœur, je lui dis « Viens, on s'assoit. » Et lorsque j'assemble dans ma tête une formule qui dirait « son cœur a lâché », ma sœur me devance et déclare : « Alors elle l'a fait ? » Je suis si abasourdie que je réponds simplement oui puis « Viens, on y va ». Sur la route, je me force à conduire calmement, à ne pas fumer. Ma sœur pleure à côté de moi. Je n'en suis pas encore là. J'ai du chemin à faire.

En fait, ce soir-là, je guette une insomnie. Pour une fois, j'en attends une. Après avoir expédié le repas à base de spaghettis cuisinés avec ce que je trouve dans la maison, mon père, ma sœur et moi sommes exténués. On a dîné sans d'appétit. J'ai bu un peu de vin. J'ai fumé. Dehors, il a commencé à pleuvoir. L'air s'est rafraîchi. Mon père bivouaque dans son grand bureau à l'étage, où un canapé-lit a été installé. Je dors dans la chambre de mon frère car la mienne est devenue le bureau de ma mère depuis longtemps. Ma sœur occupe la sienne qui n'a jamais été réaffectée car, contrairement à moi, elle revient régulièrement dormir dans cette maison. J'ai augmenté de deux gouttes mon dosage de Rivotril, mais la nicotine accumulée et le vin rouge contrarient les effets du médicament. Vers quatre heures du matin, j'ai les yeux ouverts. C'est le moment me dis-je, le moment d'aller la voir. Il y a dans ce rendez-vous un sentiment de privilège, quelque chose de clandestin et d'intime. Je n'ose m'avouer que cet instant, je le convoite presque comme nos retrouvailles. Quelques heures auparavant, il a fallu faire cette chose étrange, classer le chaos, organiser la mort. Après avoir passé les coups de fil nécessaires et coché des cases sur une liste de formalités à accomplir, nous savons que les employés de la morgue viennent au matin chercher le corps de Nathalie afin de la placer en chambre froide. L'enquête a commencé. Elle peut prendre entre quinze jours et un mois. C'est une procédure normale, mais qui fait régner une culpabilité insidieuse.

À quatre heures du matin, je me décide à allumer la lampe de chevet, et descendre l'escalier jusque vers la chambre de mes parents. La maison baigne dans une pénombre jaune teintée de l'éclairage extérieur. Des années d'insomnie m'ont rendue experte en déambulations nocturnes. J'ouvre la porte de la chambre bleue. La morgue, qui se rebaptise « maison funéraire », nous a incités à laisser la fenêtre grande ouverte et les volets fermés. Il fait très frais. Je frissonne. Je m'approche du lit et je la regarde. Sa robe, ses bijoux, tout est en place. Je m'adresse à elle. Je la considère héroïque. Enfin, elle a fait quelque chose pour elle. Enfin, elle s'est dépassée. Oui, c'est un uppercut qu'elle nous décoche en pleine mâchoire mais je lui trouve du panache. Elle m'apparaît désormais libre, fière, insoumise. Je pleure sans bruit. Elle est peut-être enfin celle que j'aurais préféré qu'elle soit. Elle n'a pas laissé de dernier mot parce que ce geste se passe de commentaires. Il n'y a rien à dire, rien à justifier. C'est comme ça et pas autrement, que vous le vouliez ou non, vous les restants, vous les terrestres, semble-t-elle dire. Elle n'a pas été retrouvée dans une mare d'urine ou de vomi, elle est parfumée, féminine, elle a réussi son coup, a pris tout le monde de vitesse. C'est ce que j'entends dans cette chambre qui sent le jardin sous la pluie. Ma sœur et mon père qui dorment à l'étage sont pris dans d'autres réflexions, et mon frère, retourné chez lui, dans un autre chagrin. Elle a fait comme elle pouvait, mais ça, la liberté qu'elle s'est offerte, on ne l'avait pas prévue. Je ne dis pas au revoir à cette mère, j'accueille le kamikaze en elle, celui qui préfère le sabordage à la reddition. Dans la dévastation, elle s'est désengagée de tout, enfin alignée sur sa propre puissance. C'est une mort qui dément la mort. Elle ne disparaît pas, elle se manifeste, et les ondes de cet impact vont en s'amplifiant. Elle a recours à sa propre disparition pour mieux vivre, en somme. Le monde qu'elle rejoint en faisant cela, c'est celui des survivants, pas celui des défunts. Son geste, c'est dire qu'elle tient toujours, qu'elle ne lâche rien. La vie la rendait éteinte, sa mort la galvanise. Elle prend la parole.

21

Les cent vingt milligrammes de bêtabloquants ont commencé à agir vers trois ou quatre heures de l'après-midi. Six heures après l'ingestion, c'est plus ou moins le temps nécessaire afin de métaboliser les cardiotropes. Nathalie sait que son mari reviendra de sa journée parisienne vers six ou sept heures du soir. Elle prévoit de la marge au cas où il rentrerait plus tôt. Elle tient à gagner son pari. Il faut lui laisser le temps d'accomplir son projet. Elle a vidé la vingtaine de blisters qui renferment les gélules, un à un dans sa main, vers neuf heures du matin, dix heures au plus tard. Elle a essuyé quelques larmes de peur et d'excitation. Elle a avalé les comprimés très vite afin de se prémunir de toute hésitation. C'est un grand jour. Un jour de pari et de chance, un jour où elle défie les hommes, Nathalie, Dieu également. Elle a parlementé avec elle-même. Pour une fois, ma mère se dit qu'elle se fiche pas mal que son dieu la condamne pour ce qu'elle s'apprête à commettre. Qu'elle finisse en enfer ou ailleurs, peu importe. Elle désobéit à tout le monde. Quelle sensation formidable. Elle sent qu'elle récupère avec ce geste quelque chose de sa jeunesse rangée dans le meuble indochinois, une fougue oubliée, l'élan qui lui faisait défaut depuis si longtemps. Elle sait que dès l'apparition des premiers vertiges et d'une nausée qu'elle redoute, il faudra s'allonger. Avant cela, elle a le temps de traîner un peu, de rester au soleil, de flâner à l'étage. Plus tard, elle ira refermer les fenêtres mais laissera grande ouverte celle de leur chambre. Par chance, elle est au nord, il y fera frais au début puis froid. C'est important. Il faut encourager l'hypothermie. Elle a étudié la pharmacie. Diplômée, professionnelle, elle sait, s'est renseignée, vise juste. Elle va grelotter mais ça n'a plus beaucoup d'importance. Elle a rangé les plaquettes vides dans un des tiroirs de la cuisine. Elle aime bien ce meuble aux motifs floraux dont les couleurs ont jauni avec les années. Elle nettoie son verre d'eau, passe devant la cafetière où ce matin, comme d'habitude, son mari a versé deux cuillerées de café moulu avant de partir pour Paris. C'est elle qui devait verser l'eau chaude à son réveil. Elle n'y a pas touché. Elle se surprend à rêver, immobile, debout, devant les portes-fenêtres qui ouvrent sur la pelouse, à l'arrière. À travers les arbres et la haie, on aperçoit une maison qui donne directement sur le parcours de golf. Sa maison à elle n'a pas ce privilège. Depuis des années, elle a souvent imaginé la vie de ses occupants, prêtant à celle qui habite là, car comment aurait-elle pu le savoir, une voiture de luxe dont elle a aperçu les va-et-vient, une bague de fiançailles en diamant forcément importante, une vie plus remplie que la sienne. Sans jamais les rencontrer, elle croit deviner que ces voisins sont issus d'une classe sociale plus élevée. Après d'inutiles coups de tronçonneuse, l'un des platanes a été abattu. On voit mieux.

Combien de temps reste-t-il à la molécule pour entrer en action de façon irréversible ? Elle a ajouté un peu de sucre dans l'eau pour lancer au plus vite le médicament dans ses veines. Au passage, elle regarde la porte du meuble indochinois laissée ouverte. Oh, ce vertige qui la cloue sur place. Ça commence ? Elle n'a pas vu le temps passer. Téléphoner à quelqu'un ? Mais qui ? Elle sait qu'elle ne pourra pas retenir ses larmes si elle le fait, qu'elle lâchera forcément des indices, alors non, il ne vaut mieux pas. Après sa halte au soleil dans le salon, elle se sent lourde. Ses membres pèsent. Tant qu'elle le peut encore, elle vérifie son maquillage, ses bijoux, sa robe bleue. Cet effort lui coûte. Ça lui rappelle les dîners qu'elle a donnés ici. L'énergie que ça lui prenait, d'afficher toute la soirée l'image d'une Nathalie supérieure, qui réussit tout ce qu'elle entreprend, négociant depuis le matin sa crainte d'échouer, sentant son mari s'empêcher de l'aider pour la laisser tranquille, s'interdisant même de professer sa bonne humeur si constante qu'elle en devenait toxique pour celle qui, les nerfs à vif, ayant terminé tous les préparatifs du dîner, devait se consacrer à sa toilette, à son allure, alors qu'au fond, déjà épuisée, elle ne rêvait que de se coucher.

Elle se sent engourdie. Elle manque de trébucher. Elle commence à avoir froid. Elle ne veut surtout pas qu'on la retrouve par terre, affalée quelque part, le visage bleui, dans la salle de bains, dans l'entrée, dans ses renvois. Lorsqu'elle l'a encore pu, après qu'elle s'est allongée à sa place, du côté gauche du lit, elle a étalé sa robe, l'a rabattue sur ses jambes. Elle se veut présentable. Et puis, elle laisse tomber son corps si lourd. Oh comme c'est bon, que ça fait du bien. Ses voix lui parlent encore. Elle écoute leurs mots. Ça ressemble à une liste ou au bruit d'un train sur les rails.

Se dérober aux injonctions, disent-ils. Aux devoirs du féminin. À la soumission.

Fin de la vie promise. De l'obligation d'être heureuse. Des élans heurtés à la violence de l'existence.

Faire taire sa propre mère, son propre père.

S'évader.

Se dissocier.

Être mouvementée.

Rire jusqu'à l'asphyxie.

Rompre de la généalogie.

Craindre d'être enfermée dans un genre sacrifié et pleureur, et piétiner cette crainte.

Redouter qu'on prête à mon sexe une mélancolie typique, qu'on le caractérise en tant qu'objet fragile, sensible, romantique, et s'en moquer.

Foutre en l'air l'idée de regret.

Se placer du côté de l'indiscutable.

Où étais-je en Mai 68 ?

Ne pas reconnaître la plainte, car ça n'aura jamais existé.

N'être ni elle ni lui.

Embrasser l'insurrection.
Résilier l'espérance.
Redevenir fatale.
Ne plus lâcher la parole.
Bazarder les catalogues de voyage.
Se rendre inévitable.
Établir quelque chose de contraire.
Inventer la vitesse.
Annuler l'espace entre le je veux et le je suis.
Silence des hommes.
Devenir quantique.
Brûler le meuble indochinois.
Tout donner. Tout rendre. Tout lâcher.
Chanter à tue-tête.
Big bang personnel.
Ne pas finir ses phrases.
Remonter à une source qui précède les projets, le plaisir, les mots, tout.
Ne rejoindre personne.
Prendre.
S'octroyer.
Saisir.
Chahuter.
Jouir de la démission.
Ne plus avoir de reflet.
À la question, comment vas-tu, répondre « Rouge ».
Laisser des clés sans dire pour quelle porte.
Sublimer.
Être délinquante.
Pourrir l'idée de réciprocité.

Faire pitié et s'en balancer.
Vouloir être orpheline.
Refuser. Refuser. Refuser.

Il lui semble que cette liste n'a pas de fin. Ses mots résonnent dans sa tête alors qu'elle se demande qui appuie sur son thorax. Qui fait sombrer son cœur en une vrille très lente, qui pèse sur son corps qui s'enfonce ? Ce n'est pas qu'elle ferme les yeux, non, c'est qu'elle ne peut plus les ouvrir. Elle n'a déjà plus le pouvoir de vouloir ou de tenter de se réveiller. Le fléchissement de ses facultés s'est enclenché tandis que son inconscient continue à s'adresser à la jeune fille sur la photo. « Où en étais-je ? » se demande-t-elle. Moins de soixante-dix, moins de quarante battements cardiaques par minute, peut-être moins. Où en étais-je ? Elle descend dans les profondeurs. Et pourtant elle ne s'est jamais sentie aussi vivante. La dépression respiratoire qui s'accentue fait peser ses poumons. Ils sont de plus en plus lourds, ils deviennent des ennemis, elle aimerait qu'on les lui arrache pour faire de la place, pour que l'air circule. Sa poitrine s'affaisse, reprendre son souffle se rapproche de l'impossible. Vingt battements par minute. Le coma a commencé. L'effondrement cardiovasculaire est à l'œuvre. Le sang n'arrive plus jusque dans ses membres, il cesse peu à peu d'irriguer les organes vitaux. Sa poitrine ne se soulève presque plus. Depuis plusieurs heures déjà, les odeurs, la température, les sons, cette sonnerie du téléphone qui insiste dans leur chambre, plus rien ne parvient jusqu'à elle.

22

Lorsque le personnel de la maison funéraire vient la chercher, nous sommes rassemblés, mon père, ma sœur et moi dans l'entrée. Dans la chambre bleue, deux hommes en noir la déshabillent, enlèvent les chaussures, les bijoux, la robe. C'est nue qu'elle part dans une housse de plastique opaque, entièrement zippée jusque par-dessus son visage, portée dans le fourgon sur un brancard. Sa robe, ses chaussures et ses bijoux nous sont remis sous forme d'un petit paquet bien plié, très net. Ils font leur travail du mieux possible, témoignent une compassion silencieuse, juste ce qu'il faut, sans en rajouter.

Mon père et ma sœur sont-ils allés, comme moi, la voir de nuit ? À vrai dire, je m'attendais à les trouver dans cette chambre lorsque j'y suis descendue. Il faut signer des papiers. Le fourgon tourne à droite au bout de l'allée pour sortir de la résidence. On a envie de dire : « Déjà ? » On s'est à peine habitué à sa nouvelle réalité qu'elle disparaît.

23

Je dois repasser chez moi à Paris. À cette occasion, j'ai décidé d'offrir au chaton Portnoy un bain de verdure en le ramenant à la maison des Yvelines. Je me dis que ça fera de la compagnie à mon père. Il est difficile de se rendre compte à quel point, redécouvrant sa liberté, désormais sans attaches, mon père piaffe d'impatience de vivre pleinement et au grand jour son amour. Je ne vois pas d'indécence à ça, et si cela paraît intolérable aux yeux de certains – qui ? –, peut-être faut-il voir là un écho à l'intolérable acte qu'a commis sa femme.

La procédure a commencé. Avant de conclure au suicide, les gendarmes sont sur le dossier. Le bureau du procureur tranchera. C'est classique. D'ici là, on laisse entrevoir une vague date d'enterrement. Dans ce temps suspendu, plane l'ombre du mot « homicide ». La police, le procureur, l'enquête, ces termes évoquent un assassinat, une mise à mort, un fait divers. Personne ne les prononce mais je sais que flotte, à mes yeux en tout cas, le spectre d'une mise à mort collective, quelque chose comme un lynchage, une lapidation, le fruit de la violence de la meute contre l'individu.

Il faut organiser l'attente. Un bouton de fièvre a éclaté sur ma lèvre supérieure. Je demande des médicaments à la pharmacienne du village. À sa question, « Vous êtes déjà enregistrée chez nous ? », je réponds non. « Votre nom ? » En le lui donnant, elle lève la tête avec un sourire. « Vous êtes sa fille, déclare-t-elle, vous lui ressemblez. Elle va bien ? Ça fait longtemps qu'on ne l'a pas vue. » Je réponds « Elle est morte avant-hier. — Quoi ? » dit-elle sans comprendre. Elle se reprend. « Elle était malade ? — Non, elle s'est suicidée », je lâche.

Ainsi, dans les jours qui suivent, je répands la nouvelle, au hasard des coups de fil et des rencontres. À chaque fois, ça fait le même effet. Une calotte en plein visage. Au bureau, j'appelle pour dire que je ne viendrai pas avant pas mal de temps. Ma mère s'est suicidée. Silence au bout du fil.

Le téléphone retentit dans la maison. Je décroche, c'est une vieille connaissance de mes parents qui n'est pas au courant. « Non elle n'est pas là. Elle n'est plus là. Elle est morte. Elle s'est suicidée. » J'aurais ajouté « et elle vous emmerde » que ça n'aurait pas été plus cinglant ni moins sadique. Partout, la violence de son geste, je la renvoie à chacun. Je le fais la conscience froide, détachée, sachant parfaitement que ça va estomaquer. Je ne me soucie guère de la sensibilité d'autrui, je n'ai pas le temps, pas la place. Toute empathie avec leur empathie a disparu. J'en suis incapable. Il me faudra quelques semaines pour me persuader que ça me soulage, que ça morcelle la douleur. À force d'être raconté, son acte se mue en fait d'armes. Je la propose à tous en vainqueur, sniper de sa propre vie, héritière de son grand-père limousin tant aimé dont elle fera dans un récit mensonger mêlé d'Histoire et de fantasmes, le héros de son enfance. Elle se vante que cet aïeul revenu des colonies, à Solignac, aurait parlementé avec les Allemands en débâcle, brûlant et massacrant tout sur leur passage dans les prémices de leur défaite. Selon ses dires, à l'été 1944, il persuade le détachement du 1er bataillon du 4e régiment de la division blindée SS Reich de ne pas réunir les habitants de Solignac au sein de son abbatiale pour y mettre le feu. À quel titre est-il investi de cette mission ? Comment ? Par quelle autorité ce grand-père déroute-t-il les Allemands qui, le 10 juin 1944, dans un autre village de Haute-Vienne, à Oradour-sur-Glane, distant d'une trentaine de kilomètres de Solignac, réunissent plus de six cent cinquante habitants dans l'église avant d'en fermer les portes et d'y mettre le feu ? C'est invraisemblable.

Je veux faire du geste de ma mère une légende. Je crois bien sentir que dans mon dos, on dit de moi « la pauvre », on souligne sans doute que ça explique à rebours mes déséquilibres psychologiques. Je ne me rends pas compte qu'on peut interpréter son geste en ma défaveur, qu'il fait rejaillir l'ombre d'une certaine folie. Je préfère considérer qu'elle a raflé la mise, in extremis, mieux, que cet in extremis rend son acte encore plus éblouissant. J'entends « C'est rare le suicide des personnes âgées ». Je ne sais pas à qui s'adresse cette remarque, je ne la sens pas concernée.

24

Je mange des plâtrées de spaghettis, je bois du vin rouge tous les soirs, et pourtant je maigris à vue d'œil. Je suis dans une forme olympique, *speed*, *sharp*, levée vers six heures trente, je m'active dans la maison familiale, je fais les courses, prépare les repas, nettoie. Ma thyroïde s'est mise à s'emballer. Portnoy, qui sent la tension extrême, détale sous la pluie dès que j'ouvre la porte-fenêtre de la cuisine. Depuis des jours, il tombe des trombes. La température en nette baisse fait remettre manteaux et pulls. Portnoy s'en fiche, il cavale comme un damné, et d'un bond, escalade le tronc des grands pins, reste perché des heures, observant les deux bergers allemands des voisins aboyer sans discontinuer à ses pieds de l'autre côté de la clôture, avant de céder à l'appel du sachet de croquettes. Dans le garage où est réapparu un bac à litière, il utilise la chatière qu'il traverse en un éclair comme s'il était en train de fuir son ombre. Il renifle partout les traces de la siamoise morte des années plus tôt.

Un matin où nous sommes seuls dans la cuisine pour le petit-déjeuner, lorsque je nettoie la cafetière à presse, mon père s'approche de moi. Il dit : « Tu ne trouves pas qu'on est mieux ? » Dans la brutalité de cette confidence, je reconnais l'écho du geste de celle qui s'est tuée ici. Elle a semé en chacun de nous les germes d'une monstruosité dont la violence s'exprime partout. Ce qu'il me dit ne me choque pas. Oui, il faut l'admettre, on est mieux. Mieux dans le sens où, enfin, Anne-Marie et Nathalie ont disparu, faisant fuir d'un coup ces siamoises et leurs doublures chagrines. Elles nous ont délivrés de leur emprise, de la tristesse pesante qui finissait par poisser les secondes, les minutes, les années. Le téléphone peut bien sonner, les portes se fermer avec fracas, il n'y a plus dans cette chambre bleue cette gisante migraineuse qui asservit les siens. Ses silences lourds de reproches rentrés, terminés. La perspective des vexations boudeuses où elle s'enfermait pour un mot malheureux également. Mon père apporte quelques minutes plus tard une photo de la femme qu'il aime, et ajoute « Tu ne trouves pas qu'elle lui ressemble ? » Je découvre alors enfin, et déjà, cette femme. Elle a son âge, paraît élégante même si la photo est essentiellement cadrée sur son visage. Mais ce qui m'étonne surtout, c'est qu'elle a les yeux fermés. « Elle déteste qu'on la prenne en photo, alors je l'ai photographiée pendant qu'elle dormait », explique mon père. C'est à la fois effrayant et touchant la façon qu'il a, sans s'en rendre compte, de me montrer le visage de celle qui sur ce cliché présente la même expression que l'autre qui, il y a quelques jours, offrait pour la dernière fois son visage aux yeux clos dans la chambre bleue sur son lit de mort, à quelques pas de la cuisine. Sur le mur, au-dessus du meuble où elle a remis les blisters vides que la police a trouvés après, est toujours punaisé mon mot posté un an plus tôt, « bonjour maman ».

La photo qu'il me tend de son amoureuse ne me surprend pas. Plus rien d'autre n'existe pour cet homme, à part le temps qui presse, à part son conte de fées où celle endormie dans la mort ressuscite dans une posture identique sous les traits d'une autre. Hermétique à la brutalité des circonstances, il la tient, son histoire magique qui lui permet d'un tour de passe-passe de remplacer l'une par l'autre, d'intervertir les endormies.

Il joue franc jeu, ne prétend pas agir en veuf éploré. Quitte à heurter les vivants et celle qui nettoie la cafetière de son bonheur neuf. Là encore, j'y vois les répliques sismiques de ce que ma mère a fait quelques jours plus tôt.

J'ai croisé d'anciens amants au bras du nouveau, sans sourciller. J'ai été celle qui découvre le cœur fendu l'ancien être aimé dans la gloire de son nouvel amour. Ça claque. Ça mord. Mais mon père, aussi vivant qu'aveugle n'a pas le temps de se soucier d'épargner qui que ce soit.

La violence gagne, fait irruption.

Lorsque mon frère et moi, dans la boutique des pompes funèbres de Saint-Germain-en-Laye, sommes en train de choisir les fleurs, le cercueil et autres détails de l'enterrement dont nous ne connaissons pas encore la date, la porte d'entrée vole en éclats. Un homme en civil surgit, et crie « police » en montrant un brassard avant de s'accroupir en planque, son talkie-walkie déversant à tue-tête les voix de ses collègues qui traquent un malfaiteur dans une banque voisine. Mon frère et moi nous regardons, livides. L'agent des pompes funèbres reste muet. Cette éventualité ne figure sans doute pas parmi les différents cas de figure inculqués dans le manuel qu'ils étudient pour savoir comment se comporter face au chagrin des clients. On se replie dans l'arrière-boutique où, puisque je suis en charge du choix des fleurs, on me confie un album de photos criardes qui égrène à tous les tarifs, bouquets et ornements de cercueil plus laids les uns que les autres. Des corolles de pétales orange ou bleus sur des feuilles de palmiers, des gerbes de glaïeuls multicolores, des camaïeux approximatifs se succèdent au fil de pages jusqu'à la nausée. Alors que grésillent les voix dans le talkie-walkie du policier, je me dis que le blanc limitera les dégâts. Je propose à mon frère « Si on ne prenait que des fleurs blanches ? » Il répond, très ferme « Ah non, les fleurs blanches, c'est pour un enfant ». Je me tais. D'où tient-il cette certitude ? Moi je crois justement que ça serait bien pour la petite Anne-Marie qu'on va enterrer, pour celle dont les rêves et les ambitions se sont évanouis en Ardèche il y a bien longtemps, mais mon frère n'en démord pas. Va pour du jaune alors.

J'essaye de faire passer l'idée d'une pierre calcaire ivoire, poreuse, qui verdirait, sur laquelle les lichens et les mousses s'installeraient. Je trouve ça poétique, une tombe gagnée par la manifestation organique du temps qui passe. C'est compliqué, me fait-on comprendre. « On n'a pas ça en stock. » Il faut attendre des mois, peut-être six, peut-être huit, et puis c'est plus cher. On s'en voudrait presque de vouloir faire original en ces circonstances. D'ailleurs, l'agent des pompes funèbres me considère avec humeur, trouve déplacées cette femme et ses demandes extravagantes. Ces clients ont des exigences. Il faut s'y reprendre à plusieurs fois pour faire comprendre que sur la stèle seront inscrits un prénom et un nom de femme mariée différents du prénom et du nom de jeune fille. C'est vrai qu'on a l'air de mettre en terre deux personnes distinctes. Pour la pierre tombale, il reprend « Non madame, prenez un granit poli. Aucun entretien. Un coup d'éponge et c'est propre. Je vous assure, c'est beaucoup plus pratique. » J'ai bien envie de lui dire qu'il dégage, avec ses préoccupations de ménagère éprise de toile cirée. Je me retiens pour mon frère lorsque dans un grand claquement de porte, le policier disparaît.

25

Dans la maison, je me mets à chercher à l'insu de tous des traces de cette femme, ou plutôt des indices de ce qui a pu la décider. Je ne sais plus pourquoi je me retrouve à cet instant, sans ma sœur ni mon père, Portnoy en maraude dehors. Pour quelle raison suis-je seule dans ces journées, je n'en ai pas le souvenir. Le temps paraît disloqué, incohérent, vide et plein à la fois. Il me semble qu'à peine réveillée, je me vois déjà en train de faire tomber les gouttes bleues dans un verre d'eau avant de me mettre au lit. Parfois, les journées sont ouatées, faites de molleton, une étoupe qui assourdirait tous les bruits, tel un jour de neige. Je plains les gens qui fuient le silence. C'est là que j'entends le mieux ce que je redoute la nuit.

Nous avons enfin la date de l'enterrement. Ce sera le 17 avril. Il est temps d'en finir. Alors je fouille. Dans ma chambre devenue son bureau, mes souvenirs sont restés entreposés dans les placards. Un carton regorge des restes de mon enfance et de mon adolescence, en pagaille. Courriers d'anciens petits amis, objets, papiers, photos. Là je trouve une lettre qui m'est adressée, écrite par ma mère. Elle est dans une enveloppe décachetée, non timbrée, sur laquelle figure mon prénom. Je crois m'en souvenir. Je dois avoir douze ou treize, peut-être quatorze ans à l'époque. Je parcours le texte. En substance, elle m'adresse des reproches, un seul en fait, celui de lui avoir volé un flacon de fond de teint. C'est si dérisoire que je me demande bien ce qui se joue dans la tête de cette femme pour avoir besoin d'en faire une lettre. À cette époque, elle n'arrive déjà plus à communiquer avec sa fille. Cette impossibilité doublée du chaos affectif qui la submerge la pousse à ce dernier recours, lui écrire. Lorsqu'elle m'adresse ce mot, elle doit avoir à peu près quarante-cinq ans, elle voit en sa fille une rivale, une sorte de sœur qui pose la mère dysfonctionnelle qu'elle est en adolescente à qui on a dérobé un outil de séduction, ce maquillage manquant à sa salle de bains. Il y a de quoi avoir le vertige face à ce souvenir, face au gouffre dans lequel elle se noie déjà. Déplacée, elle ne se pose pas en adulte qui dirait à sa fille qu'elle ne devrait pas voler, non, c'est une gamine qui écrit, une enfant perdue dans un corps de mère qui n'y arrive pas. À cette époque, est-elle déjà partie de la maison puis revenue ? Ce message est-il un des épiphénomènes de la colère qui l'anime à son retour ? Devant cette lettre, je m'interroge. Si à l'époque cette mère voit en moi une concurrente qui lui vole son fond de teint, quelle place donne-t-elle à son mari ?

Faut-il vraiment fouiller encore, au risque d'exhumer d'autres vestiges aussi minables ? Je replie la lettre. Je continue, trimballant mon cendrier qui déborde dans cette chambre.

J'ouvre l'abattant du scriban de ma mère. Des photos de ses trois enfants, de son petit-fils, de son mari, de sa mère, de son père sont réunies en un mausolée qui se mêle aux factures, à toutes sortes de courriers administratifs, à sa carte d'électrice. C'est là que se trouve un carnet. En l'ouvrant, je pense avoir enfin pisté ce qui ressemble à son journal. Je le feuillette, d'avant en arrière, d'arrière en avant. Comme si l'on voyait son esprit errer entre les pages à la recherche de repères, d'accroches, d'opinions, de sensations, de sentiments, d'impressions, partout, je découvre son impossibilité à nommer les choses. Son journal n'est pas là pour ancrer une présence mais pour témoigner qu'elle n'appartient déjà plus à ce monde. J'ai le sentiment qu'elle s'y tient sur sa rive, dans un brouillard permanent, qu'elle écrit sa vie les yeux dans le vide. Les pages n'ont aucune date ni heure. C'est un récit de la désertion. Des faits y sont consignés, un ou deux par page, pas plus. On n'y entend pas la vie mais une stupeur qui nivelle cet inventaire du néant. Il n'y a pas de ponctuation, aucune distance, pas d'ironie. Les pages n'exposent que des actions. Lapidaires, réduits à leur simple énoncé – allée au cinéma, vu E., parlé avec X… –, ses faits et gestes sont commentés d'un « bien » ou « agréable » ou « fatigant ». Ce grand flottement dessine une déréalité qui me fait penser qu'elle a déjà cessé de vouloir exister. Dans les dernières tentatives de traquer ce qui aurait motivé son geste, je cherche un souvenir que nous pourrions avoir en commun. Noël ? Anniversaire ? Non. Alors me revient ce déjeuner chez moi, un an plus tôt. Ça, me dis-je, je saurais le reconnaître, ça, ça ne peut pas lui avoir échappé. Je verrais bien mon initiale quelque part, une trace du seul déjeuner en tête à tête que j'ai jamais partagé avec elle. Ça l'avait tellement secouée. Elle a dû écrire ce que ça a provoqué chez elle. Peut-être même trouverai-je des réponses aux questions posées à Nathalie ce jour-là. Il est inconcevable qu'elle ait passé sous silence un épisode comme celui-ci.

J'en cherche un indice. Ce défilé de faits non datés rend impossible une quelconque chronologie. J'ai dû manquer la page. En commençant par la fin, je parcours une fois de plus le vide de ses journées, mais je ne trouve rien. Absolument rien. Aucune piste, aucune mention. Rien. Je finis par penser que j'ai, moi seule, grossi l'effet de notre déjeuner, que pour elle au fond, ça n'avait pas le même sens, et peut-être déjà plus du tout d'importance. Je l'imagine rentrer dans cette maison en se disant qu'elle et sa fille ne se comprenaient pas et qu'il valait mieux oublier cet instant pénible, ne voyant là aucune possibilité d'ouverture ni même d'intelligence. Je comprends alors que j'ai été prise, comme tout le reste, dans la dévaluation générale de son monde. Entre la lettre pathétique que je viens de lire et ce journal décousu, elle a mis au point pendant des années une économie de vie basée sur une désensibilisation progressive, pour que s'il advenait encore du malheur, elle ne ressente rien, étanche à la douleur.

Ce soir-là, boire presque en totalité une bouteille de vin rouge m'apparaît vital. Au lieu de me faire la cuisine, je grignote du tofu nappé de ketchup. Je continue à maigrir. Ma tension perpétuelle me confère une forme olympique. Je suis une pile, en ligne avec Portnoy, qui lui non plus, jamais fatigué, ne veut pas rentrer. La nuit, il traverse la chatière en trombe, trempé par la pluie. Après la première vague de chaleur issue du vin rouge, je grelotte. Je cherche à me réchauffer dans un bain. Et puisqu'une fois de plus, l'alcool et les cigarettes contrarient le Rivotril et que je ne dors toujours pas, je décide de redescendre vers la chambre bleue. Dans la grande armoire ancienne où sont entassées les affaires de ma mère, je trouve un sac à main que je lui ai offert, intact dans son pochon siglé, la carte d'authenticité encore à l'intérieur. Elle ne l'a jamais porté. C'est la seule chose que je choisis de garder d'elle, aussi vide que son journal.

26

Un matin sur le parking du commissariat de police, nous nous retrouvons mon frère et moi, un peu avant neuf heures. L'enquête en cours nous oblige à témoigner. Nous sommes convoqués tous les deux, le même jour, au même moment. Dans deux bureaux séparés, nous sommes interrogés par deux officiers différents. Moi par une femme, lui par un homme. Mon frère et moi avons déjà demandé à la police d'épargner ma sœur, de ne pas l'interroger, pour ne pas la traumatiser davantage. « Son état est fragile, ne lui faites pas ça. » Ils ont accepté.

« Comment était votre mère ces derniers temps ?

» A-t-elle déjà essayé de mettre fin à ses jours ?

» Était-elle malade ?

» Avez-vous remarqué quelque chose de…

— Quelque chose de quoi ? je demande.

— D'insolite dernièrement ? »

La jeune femme fait ce qu'elle peut pour peser ses mots, mais elle doit bien s'acquitter de la tâche qui lui est confiée. Je mobilise tout mon talent d'oratrice pour l'éblouir de vocabulaire, pour surenchérir la détresse, la glissade irréversible, un enchaînement des faits qui tourne forcément au désavantage de ma mère, qui la pose en victime d'elle-même et de personne d'autre. « Vous savez madame, elle n'a jamais voulu se soigner. » Et puis la pauvre par-ci et la malheureuse par-là. J'en fais des tonnes. La gendarme note, reprend, me demande de répéter, de ralentir. J'ai envie de lui prendre son ordinateur et de taper le rapport à sa place. Car j'ai un plan. C'est mon métier. Dans cet interrogatoire destiné à la procédure, je tiens à faire passer Nathalie pour une victime d'elle-même, car je fais tout pour cacher qu'en réalité je la trouve triomphale. La victorieuse, la guerrière, celle qui s'est d'un seul coup rétablie, je la garde pour moi. Ici ce serait obscène. Je préfère taire mon admiration pour ce qu'elle a commis, consciente que ça me ferait passer pour une folle, prêtant à ma mère du courage, une bravoure, des vertus post mortem incompréhensibles qui compliqueraient ce dossier. Je me méfie du zèle d'un officier qui voudrait voir là la piste d'un fait divers.

Je ne sais pas combien de temps dure l'entretien. Trente ou quarante-cinq minutes. À la fin, il me semble étrange de dire au revoir à la gendarme, comme si on avait fait du bon travail toutes les deux en livrant un dossier unanimement triste. Non, elle n'avait aucune chance de s'en tirer, aucun espoir dans sa vie banlieusarde. Je sais comment interdire les questions supplémentaires lorsque j'aligne les tragédies, les accidents de toute sorte, ses trois expériences de la maternité, commencées dans l'allégresse puis virant au cauchemar. Qu'on ne vienne pas me dire que n'importe qui n'aurait pas préféré, comme elle, en finir avec ce chemin de croix. Et pour clore le tout, je lui dis que si même elle, si croyante, n'a pu être sauvée par sa foi et a, de guerre lasse, désobéi à sa religion, c'est qu'elle n'en pouvait plus madame. Mon cynisme n'est que la prolongation de cette violence qui infuse les jours et les mois qui suivent le 3 avril.

Après la remarque de ma sœur lorsque je suis allée la chercher chez elle pour la prévenir ce soir-là, ce « alors elle l'a fait » qui m'a sidérée, je lui ai demandé pourquoi elle m'avait dit ça. Elle m'a appris que ma mère menaçait déjà depuis quelque temps de passer à l'acte. J'étais au Japon, loin de tout cela. Apparemment, les scènes se multipliaient à la maison. Elle avait parlé à ma sœur aussi, lui avait tout déballé, y compris la menace d'en finir. Cet argument imparable, je le répète à de multiples reprises pendant mon interrogatoire.

« Mais alors, pourquoi ne pas être intervenue pour l'en empêcher ? » demande-t-elle. Elle fait bien son travail, cette jeune femme. Je la trouve courageuse et professionnelle. Sa volonté d'être à la hauteur de sa mission me touche. Je partage aussitôt avec elle un souvenir qui revient. Des années auparavant, dans l'une des rares conversations au téléphone avec ma mère, comme chaque fois chargées d'électricité, elle m'avait avoué, criant presque : « De toute façon, si je n'étais pas catholique, ça fait longtemps que je me serais suicidée ! » Vous voyez, dis-je à l'enquêtrice, elle avait déjà menacé de le faire, alors pourquoi la croire cette fois-ci ?

Anne-Marie attendait sa Facel Vega, un chevalier ou un astéroïde qui lui permettrait d'acter sa fugue. On ne peut pas retenir quelqu'un animé d'une si forte envie de disparaître. Aurions-nous pu stopper une femme envahie par cette violence définitive ?

Lorsque je suis sortie sur le parking, la météo offrait une accalmie, l'un des rares instants hors du déluge quotidien qui faisait sortir de leur lit les fleuves et les rivières. La voiture de mon frère avait disparu. Il était déjà reparti. Je brûlais de connaître sa version des faits, mais je me suis empêchée de l'appeler.

M'est revenue soudain ma propre tentative de suicide. J'ai dix-sept ans. Dévastée d'inquiétude et d'angoisses. Prise au piège de mon adolescence, de mon corps qui refuse de se féminiser, sans avoir de règles, sans seins, observant sans l'envier la fierté des filles qui au cours de gym font mine de détester leur soutien-gorge, ferraillant avec les signaux d'une féminité qui me sont refusés. Je ne sais pas ce que c'est. Je n'ai jamais couché. Je me maquille beaucoup, je m'habille de façon recherchée, je surcompense mais mon activité presque quotidienne, à part lire, c'est me débattre avec les colères de ma mère que je semble déclencher quoi que je fasse. Ce soir-là, je veux aller au cinéma avec un copain. Peut-être me le représentais-je sans le savoir comme un autre en Facel Vega, celui qui me tirerait de là. Je n'ai absolument aucun souvenir d'avoir été amoureuse de ce garçon ou tenté de l'être mais il doit sans doute exister une part de fierté à la perspective qu'il vienne me chercher en voiture, là, devant notre maison alors que ma mère y reste en carafe. Elle dit non. Sans raisonnement, sans explication. Non, c'est tout. Le ton monte. On hurle. Elle dit le mot « pute ». C'est sonore comme une gifle. Ça bourdonne dans mes oreilles. Ça enfle toute la soirée que je passe enfermée dans ma chambre à ressasser. En bas, dans la cuisine où dînent mes parents, mon frère et ma sœur, je ne sais pas ce qui se dit. J'ignore quelle version raconte ma mère, quel sens elle donne à mon absence. Dans ma chambre, je suis une lave pure. Je brûlerais tout ce que je touche. Je fulmine. Alors que la maison est devenue silencieuse il m'est impossible de m'endormir. Je descends comme une ombre au début de la nuit, vers le garage et le petit meuble plaqué de Formica où sont rangés les médicaments. Je choisis celui dont il y a le plus de boîtes, deux ou trois en tout, je ne sais plus, et remonte avec dans ma chambre. J'avale tout. Avec délice, pleine d'une joie funeste. Je jubile de ce que je viens de faire et j'attends, convaincue que c'est la meilleure solution qui s'offre à moi. C'est ce qu'il faut faire, j'en suis certaine. Les hallucinations commencent. Des araignées émergent de la moquette de ma chambre. De plus en plus nombreuses, elles forment un tapis qui avance vers moi. Tout est si clair, si précis, si tangible. Je tergiverse longtemps. Faut-il bouger, les tuer, se frotter les yeux, attendre, alerter ? Je ne sais pas combien de temps ça dure ni l'heure qu'il est. N'y tenant plus, je décide d'aller réveiller mon père. J'en appelle à sa passion pour l'entomologie. Il n'aura pas peur des insectes, me dis-je. Je descends l'escalier. Je suis légère, silencieuse, feutrée. Personne ne m'entend et cependant à mi-parcours, je m'arrête dans l'escalier au moment où je vois mon père, sorti de la chambre conjugale, debout, vêtu de son haut de pyjama sur lequel il tire pour cacher son sexe. Il me regarde et met un doigt devant sa bouche afin de me demander le silence. Je n'ai rien dit pourtant. Je ne sais pas ce qu'il faut taire. Le mot « pute » a depuis plusieurs heures déserté mon esprit au profit d'un cauchemar chimique qui me submerge. La vision de mon père, comme les autres, est si précise que je ne doute pas un instant qu'il me faut rebrousser chemin, retourner dans ma chambre, refermer la porte et me taire donc. Mais ne pas dire quoi ? Il m'est absolument impossible de me coucher. Car une autre image est venue chasser celle des araignées et de mon père à moitié nu. Devant moi, assis l'un à côté de l'autre sur mon lit, ma mère et mon frère m'apparaissent maintenant très nettement. Ils chuchotent. Ma mère se penche à l'oreille de ce dernier et lui murmure quelque chose qu'elle scelle d'un doigt sur la bouche en me regardant, du même geste que vient de faire mon père. Ils retiennent un secret auquel je dois rester étrangère. C'est limpide, très vécu, indiscutable. Que partagent-ils tous ce soir-là ? Suis-je celle qui perturbe l'opacité des non-dits, des confidences, des alliances qui dérangent ? En proie à mes hallucinations qui se multiplient, je tourne comme une furie dans ma chambre sans émettre un seul son semble-t-il puisque personne ne vient me voir ni s'étonner que la lumière soit encore allumée à cette heure tardive. Les araignées gagnent à nouveau du terrain. Ma mère et mon frère ont disparu. Je décide de redescendre alerter mon père. Je le réveille et lui chuchote qu'il y a une quantité effarante de bêtes dans ma chambre. Je ne sais plus si ma mère est dérangée elle aussi, réveillée par mon apparition, penchée sur leur lit. Quelques minutes plus tard, nous sommes assis, lui, entièrement vêtu de son pyjama, dans le canapé du salon où il me persuade de me calmer. Il commence à nouveau à somnoler quand je lui attrape la main et lui dis regarde, elles sont là. Les visions qui reprennent me convainquent qu'une marée d'arachnides naît de la moquette. Mon père ausculte la pénombre du salon. Il est déphasé, n'a pas la force de se lever et dit « Mais non enfin, il n'y a rien ». Il voudrait dormir. Peut-être qu'il est au courant de la dispute et qu'il se dit que je suis un peu agitée, mais sans plus. Lorsque enfin il se lève car j'ai insisté, et qu'il passe la main à l'endroit que je pointe du doigt, je crie. Ensuite c'est le grand blanc jusqu'à mon retour d'hôpital où un classique lavage d'estomac a mis fin à tout. À la maison, commence une convalescence bancale. C'est l'esquive générale. Un silence total à propos de ce que j'ai fait. C'est du moins ce que je me rappelle. Mes parents travaillent, mon frère est à la fac, ma sœur jumelle au lycée. Personne ne me parle. Je suis paumée, je zone dehors ou en tête à tête avec mon grand-père maternel que ma mère a invité là pour me tenir compagnie. Il est habité d'une mélancolie que sa surdité rend plus poignante encore au point qu'un soir lorsque nous sommes tous en train de dîner dans la cuisine et qu'il ne capte probablement pas un mot du brouhaha de nos conversations, il se met à pleurer en silence au bout de la table. Je ne mesure pas à quel point chacun de nous est isolé, étanche à l'autre. Je suis prise dans cette mécanique. Je n'ai absolument rien à dire à cet homme que je vois de la fenêtre de ma chambre, au premier étage, se faire harceler par l'un des deux bergers allemands des voisins qui s'est échappé dans notre jardin et qui aboie comme un fou sur le vieil homme en train d'arroser les plantes dehors. Il se défend comme il peut et braque le tuyau d'arrosage directement dans la gueule du molosse qui ne sait plus si c'est un jeu ou une agression.

Dans ma voiture à l'arrêt, sur le parking de la gendarmerie, les dépositions différentes de mon frère et moi consignées dans le secret par les représentants de la loi, je ne peux m'empêcher de penser que la colère de ma mère a été ce qu'il fallait absolument taire cette nuit-là, que notre organisation familiale risquait d'exploser si un mot de plus était dit. Par moi semble-t-il. Que cette colère tel un réseau de nappes phréatiques a fait son chemin pour mieux jaillir plus loin, plus fort, plus noire et aboutir aujourd'hui à nos dépositions à la gendarmerie. Dans le secret les uns des autres. Des années après, on rira beaucoup mon psy et moi au sujet du médicament dont j'avais avalé presque trois boîtes cette nuit-là, un remède contre le mal des transports, le Mercalm.

27

Je réfléchis. Je pense à celle qu'on doit mettre en terre le surlendemain, jour de l'enterrement. Avec mon frère et ma sœur nous préparons la messe. Quel texte choisir ? Qui lit quoi ? Quelle musique ? Au prêtre, on a menti en disant qu'elle avait eu une crise cardiaque. Je réfléchis. Que raconter d'elle ce jour-là ? Qui viendra ? Leurs amis que je ne connais quasiment pas, sûrement. Mes amis qui m'ont déjà prévenue qu'ils viendront, aussi. Mais tout cela m'indiffère. Ce que je veux moi, c'est lui parler à elle. Ce retour à la terre est l'occasion de respecter le jeu des symboles. Il s'agit donc de sa « dernière demeure », selon l'expression consacrée. Auprès de quelle fenêtre va-t-elle passer le restant de sa vie sous terre ? Qui va-t-elle attendre, celle qu'on enterre le surlendemain ? Et s'il s'agissait d'offrir une adresse définitive à celle qui a passé cinquante ans de sa vie déplacée, à côté d'elle-même, sous l'identité d'une autre étiquetée Nathalie ? Je crois sentir qu'il serait juste de la renvoyer à sa naissance, de l'inhumer en Anne-Marie. Et tant pis si ça sonne à mes oreilles comme Anne-qui-fut-fort-marrie, du verbe « se marrir », qui signifie se lamenter en ancien français. Je suis la seule à ressasser ce jeu de mots dans ma tête. La débaptiser, lui retirer son pseudonyme, c'est la remettre à sa place. C'est la faire revenir à la nouveau-née antérieure aux malheurs à venir, inconsciente de ce qui se prépare, qui ne sait pas encore qu'il lui sera préférable de se faire appeler par le prénom d'une autre. Je pianote à toute vitesse sur mon ordinateur, je rature, je reprends, je relis, modifie. Pendant vingt-quatre heures, je retouche mon texte. Je ne veux pas qu'on s'apitoie, je ne veux pas qu'on juge. Je veux juste dire ça.

Plus tard, bien plus tard, il m'est apparu que la vie à ce moment-là, comme elle seule peut le manigancer, me fait faire à rebours une démarche identique à celle qui a suivi ma naissance. Dans cette sorte de couveuse qu'est la morgue où elle repose, comment nommer celle qu'on prépare à un nouveau départ ? Sous quel prénom devra-t-elle faire le dernier voyage, comme on dit ? C'est désormais moi la mère de ma mère, moi qui décide de mettre entre guillemets la Nathalie parasite pour laisser place à Anne-Marie.

La veille de l'enterrement, face à ma sœur et mon père, dans la véranda de la maison des Yvelines, je tente une première lecture du texte que je compte lire à l'église, cette histoire d'Anne-Marie/Nathalie. Après un silence, mon père déclare « C'est original, c'est bien ». Je lui demande, car c'est le moment :

« D'ailleurs, comment c'est venu ce prénom de Nathalie que tu lui as donné ? » Il me regarde, ne s'attendait pas à cette question. Il répond « Je ne sais plus, je trouvais ça joli ».

28

J'ai réglé l'alarme de mon téléphone sur six heures, je ne veux pas rater cette étape. En fait, je me suis réveillée seule bien avant l'heure. J'ai rendez-vous avec elle. Il y a dans mon humeur une gravité solennelle. Je veux faire les choses correctement, être jusqu'au bout celle qui ne bâcle pas, celle qui pourra se regarder dans un miroir sans faillir. Dans la cuisine, mon père me rejoint. Ma sœur dort encore. La veille, j'ai préparé comme au soir de Noël deux petits paquets distincts, enveloppés dans du vieux papier de soie déniché dans la maison. Il fait très humide. Des nuages plombent le ciel mais il y a un espoir, pas de pluie, pas encore. Il fait froid. Un pull en cachemire, un autre par-dessus, un manteau étroitement boutonné, un pantalon noir et aujourd'hui des escarpins noirs. Je ne sais pas combien de kilos j'ai perdus mais malgré toutes ces couches, je ne me sens pas engoncée. Ce matin, il n'y a pas de confidences, pas de discussions anodines ni de radio. Devant nos cafés au lait que nous touchons à peine, mon père et moi restons silencieux, bizarrement affairés, concentrés. Aujourd'hui c'est le jour de l'enterrement, le jour du chagrin, des larmes partagées, des mots qui voudraient mais échouent à consoler.

Aujourd'hui, tout le monde souscrit au même chagrin, pleurer la partante, lui souhaiter bon voyage, ne se souvenir que de ses réussites notoires, enrober le tout d'une couleur chaude. On ne se rend compte que lorsqu'on la croise que l'agressivité du geste de celui qui met fin à ses jours continue d'irradier tous ceux qui s'en approchent, même lors de la mise en terre, même lorsque la politesse et les conventions qui arrondissent les angles sont là pour créer une communion d'affliction et d'empathie. Il continue de planer un orage, la vibration macabre de ce qui ne fut pas un accident, d'un moment gouverné par la décision d'un humain contre lui-même. C'est ce grondement qui va se faire entendre toute cette journée. Nous le savons.

Mais avant ça, là tout de suite, c'est moi qui vais à la morgue sceller le cercueil de ma mère. Seule.

Au moment de partir, mon père me dit merci. La veille, j'ai consulté un plan pour savoir exactement où aller. J'ai prévu un bon délai. Je dois être là-bas à huit heures et demie précises. Lorsque je me gare sur le parking de la maison funéraire, il y a peu de voitures. Tout est calme. Il est tôt. Dans une salle où on attend, deux pancartes : famille X, porte A, famille Y, porte B. La porte B, c'est la mienne. Je reconnais la gendarme qui est là. Dans sa main, elle a un dossier cartonné. La famille X est déjà arrivée, quatre ou cinq personnes qui vont et viennent au distributeur automatique de café. « Tu veux du sucre ? Un long ou un court ? » Ils chahuteraient presque si le recueillement des lieux ne les obligeait pas à un peu de tenue. Ils discutent, tentent de chuchoter mais finissent par parler tout fort. De toute façon, le silence qui règne ici fait résonner le moindre bruit. Je sais qu'au concours de dignité muette, je gagne. Ils évoquent leur défunt, partagent tel ou tel souvenir. On attend. Le « bonjour » qu'ils m'ont adressé quand je suis arrivée me signale que je les dérange. Je regarde si eux aussi ont des paquets. Je ne vois rien. Suis-je la seule à avoir eu cette idée saugrenue de placer dans le cercueil de ma mère des objets que ma sœur et moi voulons confier à son éternité ?

La veille, j'ai encouragé ma jumelle à écrire quelques mots, pour qu'elle adresse à notre mère un dernier message. Au début, quand je lui ai demandé si elle ne souhaitait pas placer quelque chose dans son cercueil, elle a répondu immédiatement des fleurs. Je lui fais valoir qu'à cette heure-là ce sera compliqué, et puis en est-elle certaine, est-ce qu'il ne vaut mieux pas un message, quelque chose qui n'appartienne qu'à elles deux, qu'elles partageraient en secret, comme une lettre, des pensées, quelque chose de plus pérenne ? Elle convient que oui, peut-être, elle va voir. Finalement, elle a trouvé. En plus d'une enveloppe cachetée, elle ajoute un foulard que Nathalie aimait beaucoup. On emballe ça comme on peut, sans boîte, en paquet mou qui se défait dès qu'on le prend, mais ça va aller, lui dis-je.

De mon côté, j'ai choisi mon premier livre publié que je ne suis pas certaine qu'elle ait lu entièrement, dans lequel j'ai glissé le mot que j'ai dépunaisé du mur de la cuisine, celui qui dit « bonjour maman ». Tout est entassé au fond du sac en plastique que je serre contre moi, dans la salle d'attente.

La famille X a été appelée dans la pièce qui lui est attribuée. Elle a laissé derrière elle gobelets vides, serviettes en papier froissées et surtout du silence. Mon frère aurait dû être ici avec moi mais il m'a laissé un message vocal à l'aube, m'expliquant qu'il a dû emmener aux urgences sa femme atteinte d'un cancer et qui souffre atrocement d'une occlusion intestinale. Il nous rejoindra à l'église.

Une fois de plus, comme la nuit où je suis descendue la voir dans la chambre bleue, j'ai rendez-vous avec elle en tête à tête.

La famille X ressort. Ils font moins les malins. Yeux rougis, mouchoirs en main, ils défilent un à un vers la sortie, tout à leur chagrin, dans les hoquets et les larmes. « Et vous, madame ? » me dit-on. Moi ? Non, moi non plus, il n'est pas certain que je serais différente d'eux. Ce n'est pas ce qu'on me demande. On me réclame ma carte d'identité. Je sors mon passeport. La gentille gendarme passe avec moi la porte B, elle doit elle aussi assister à la clôture du cercueil. Je lui demande quelques minutes seule. Bien sûr, accepte-t-elle avant de sortir de la pièce. Quinze jours sont passés. La décomposition a commencé. On voit que ma mère a été maquillée. Des pans de son visage se sont affaissés. Ce n'est pas formidable, pas trop épouvantable non plus, à moins que je devienne inaccessible à l'épouvante. Je pensais naïvement que je retrouverais intacte celle emportée deux semaines plus tôt. Lorsque je m'approche, il est hors de question que je touche son corps, ça me fait horreur, ou que je l'embrasse comme on fait dans les films. Je m'aventure en tremblant à lui toucher un peu les cheveux mais je retire très vite ma main parce que ça me dégoûte et qu'au fond, cette carcasse un peu avancée, ce n'est pas elle. J'y vois tout juste une enveloppe terrestre qui ressemble à peu près à celle qu'elle a été. Je place près de son corps, en faisant attention à ne pas l'effleurer, le foulard, le mot de ma sœur ainsi que mon livre.

À l'agent des pompes funèbres, je fais signe que j'ai terminé. La gendarme réapparaît et assiste avec moi, dans le boucan des visseuses électriques qui scellent le couvercle au cercueil, à la disparition de celle qu'elle a un peu connue à travers ce que j'en ai dit, qui fait l'objet de pages dactylographiées dans le dossier qu'elle me fera signer. D'un geste qui m'émeut, lorsque les premières vis s'enfoncent, elle retire son calot et incline la tête.

29

C'est sous un déluge que le cercueil est porté dans l'église. C'est sous un déluge encore que le prêtre dit n'importe quoi, et sous le même déluge qui s'entend jusqu'à l'intérieur de la nef que je lis en tremblant le texte que j'ai écrit. J'imagine que certains assis là ne comprennent rien à ce récit de double identité, d'Anne-Marie et de Nathalie interchangeables, cette histoire de naissance et de mise à mort. Peu importe. Je lis ce texte comme si je me parlais à moi-même. Mon frère nous a rejoints, avec son fils. Il est cerné, épuisé, raidi par les chagrins. Je ne sens rien, ne vois rien, je suis à peine là et pourtant farouchement réveillée, en alerte. Sur les marches de l'église, des corbeilles, des messages, des fleurs, des couronnes. Je les reconnais, elles sortent toutes du même catalogue.

Ma sœur et moi montons dans le corbillard. Nous nous tenons si fort la main. Les autres suivent à pied le fourgon jusqu'au cimetière tout proche. Le trou est creusé sous un arbre qui, comme nous, grelotte de pluie. C'est pourtant assez charmant cet emplacement au pied d'un grand hêtre. Il fait si froid. On patauge dans la boue.

30

J'ai décidé de laisser Portnoy dans le jardin des Yvelines. De toute façon, au moment de partir, après avoir rassemblé mes affaires pour quitter cette maison, il est impossible de mettre la main sur ce chaton fou de liberté, comme s'il me disait, non, tu ne m'auras pas, impossible de retourner à ma vie d'avant, aux gouttes meurtrières de Rivotril, tu n'y arriveras pas. Je laisse là ses croquettes, son panier, le bac à litière. Il est mieux ici. Sa fougue se trouve à son aise dans les turbulences de la violence que nous venons de traverser. Mon père semble d'accord. Ma sœur est déjà chez elle, mon frère retourné à sa vie. Près de trois semaines sont passées depuis le 3 avril. Je rentre à Paris. Je laisse derrière moi la chambre bleue, les bouteilles de vin, cette maison funeste, les souvenirs, le meuble indochinois. Il me semble que nous venons de vivre ensemble une grande aventure, que nous venons de marcher dans le feu, que j'ai réussi à sortir à peu près indemne de cette épreuve initiatique, de ce défi lancé par l'existence. Trois semaines de tension maximale, d'enquête intime, de spaghettis, d'une vie domestique que je me suis imposée dans cette maison qui n'est plus la mienne depuis longtemps. Lorsque j'ouvre la porte de mon appartement à Paris, je me sens soulagée mais flottante. Je retravaille. J'ai envoyé un article au journal sans y mettre les pieds. Je défais mes affaires. Je reviens d'un voyage lointain et interminable. Je ressens une sorte de décalage horaire qui me déphase. Je range les jouets de Portnoy dans une boîte. Je replace sur ma table de nuit le Rivotril, mon passeport dans le tiroir. Il faut faire des courses, acheter des légumes, du lait, faire tourner des lessives, ce qui, comme à chaque retour de voyage, est une bonne façon de reprendre pied dans le réel parisien. Pourtant, rien n'est plus pareil. Malgré cela, je n'ai plus d'excuses pour ne pas répondre au téléphone ni aux messages de condoléances. Je n'ose pas effacer le numéro de ma mère.

Et là, ça me revient.

Une décharge d'adrénaline me signale que j'ai oublié un détail énorme, un détail monstrueux. D'autant plus catastrophique que ce n'est pas un détail. Je sais qu'à travers les multiples choses à organiser, les questions laissées sans réponses, les faits et les silences, s'est faufilé un manquement qui enfle de seconde en seconde et que j'ai totalement occulté. Mais comment ai-je pu ?

Dans la liste des messages stockés, il y en a un, laissé après son coup de fil reçu à Tokyo presque un mois plus tôt, sous le nom de « Maman portable », un message daté du 28 mars, à 12 h 42, de

35 secondes. Le jour où mon portable a sonné au Japon, ma mère n'a pas fait que m'appeler, elle a laissé un message. Comment ai-je pu rater ça ? Comment ai-je pu prétendre que je n'avais pas vu, que ça n'existait pas ?

Je commence à pleurer. Je tremble de toutes parts. Je tourne autour de mon téléphone que je n'ose plus toucher, comme s'il allait me brûler. Je recalcule les dates cent fois. Me suis-je trompée ? Est-ce un très vieux message ? Est-ce que je confonds ? Je manipule mon portable avec mille précautions de peur d'enclencher l'écoute mais aussi de crainte d'effacer ce qui ressemble à une relique. Je meurs de trouille. C'est une frousse d'enfant dans le noir, une terreur pire que s'il fallait embrasser sa peau morte ou toucher ses cheveux. Comment faire ? Moi qui ai le sentiment d'avoir accompli un exploit, d'avoir été à la hauteur comme on dit, je m'écroule. Et si j'avais tout foiré ? Et si, contrairement à ce que mon orgueil et ma fierté me poussent à penser, il m'était désormais interdit de me regarder dans la glace à cause de son message, à cause de ma négligence ?

Alors j'envoie un SMS à mon psy, je le supplie de me recevoir en urgence. Docteur, répondez-moi, les êtres chers vont me le faire payer. Et puis j'attends. J'attends des heures qu'il réponde. Il est à Venise encore. Ma phobie de l'effondrement prend le dessus. Venise prend le dessus. Ma solidité est bâtie sur des pieux moisis, je vais être engloutie. Tout ce que j'ai accompli depuis trois semaines ne sert plus à rien.

J'attends encore. Je vérifie obsessionnellement mes messages. Je crois entendre la sonnerie de mon téléphone mais rien, non rien.

Enfin, il répond. Mon psy ne rentre que vendredi soir 20 avril, il ne pourra me recevoir qu'en urgence, le lendemain samedi, à huit heures trente, le matin.

Deux jours à tenir.

Pendant quarante-huit heures, je passe par tous les stades de la résolution, du découragement, de la peur panique, dans la crainte du pire. Chaque fois que je saisis mon téléphone, je crois manipuler un cercueil miniature capable de s'ouvrir à tout instant, son couvercle mal vissé laissant échapper un relent mortifère. Heureusement que Portnoy n'est pas là. Je pense que je l'aurais tué. Je ne supporte rien, je suis à fleur de peau. Je n'ouvre ni les factures ni le courrier accumulé depuis des semaines, je respire à peine, je réduis à leur minimum mes activités pendant ces quarante-huit heures. J'ai très peur d'avoir mal. Je redoute plus que tout que son dernier message ait été un appel au secours, l'avertissement qu'elle m'aurait adressé comme aux autres, prévenant qu'elle allait le faire, qu'elle allait mettre fin à ses jours, aux miens, à ce qui nous sépare, à ce qui nous rapproche, à tout. J'ai peur qu'elle m'accuse, pire, que mon oubli m'accuse et pointe du doigt celle qui n'a pas porté assistance à personne en danger. Je redoute qu'elle m'ait désignée, précisément à cause de l'étrangeté qui nous lie, car, oui, elle nous a liées, que son message m'ait rendue dépositaire d'une intention très clairement formulée avant un passage à l'acte auquel personne n'a cru, et ait fait de moi celle qui n'a rien dit parce qu'elle a « oublié » ce message crucial. J'ai une peur bleue que sa voix posthume m'assigne pour toujours à l'indignité. Je me dis qu'elle a appelé de son portable parce qu'elle voulait que je sache que c'était elle, sinon elle aurait appelé de la maison. J'y vois la confirmation supplémentaire de l'accusation que m'adresse le destin.

31

Battue d'avance, prête au pire, ayant à peine dormi, je ferme la porte de mon appartement et démarre ma Smart le samedi matin vers sept heures trente. Je repense aux jours silencieux qui suivaient nos disputes, à ses reproches sourds, à la culpabilité qu'elle a fait peser toute sa vie sur les siens et qui me faisait craindre que ma naissance imprévue soit seule responsable de son dérangement. Moi qui un an plus tôt, dans ce même appartement, du haut d'une supériorité ridicule, l'invitais calmement à se départir du sentiment de faute, je suis celle qui aujourd'hui est incapable de s'en dépêtrer seule, et qui bien avant l'heure, alors qu'il ne faut qu'un petit quart d'heure le samedi matin pour se rendre dans l'île Saint-Louis, est déjà au volant de sa voiture en pleurnichant. Je compte écouter son message avec mon psy. Seule, je n'y résisterais pas. La ville est calme. Les rues sont encore vides. J'ai toujours aimé ce moment du week-end volé à tous avant que les avenues, les trottoirs, les boutiques et les restaurants ne soient envahis de gens qui font du shopping, leurs enfants dans des poussettes, leur chien et leur vie en laisse. Je ne sors jamais les samedis et dimanches, je fuis cette parenthèse qui précipite en ville ceux qui veulent se détendre. Mais ce matin-là, je vois dans le vide des rues, dans le quai désert qui longe la Seine, un préambule très sombre à ce qui va suivre. Je me rends à ma séance comme à une punition, en espérant que mon psy saura me sauver, me repêcher d'une excommunication annoncée. Quai de Bourbon, je gare ma voiture. Encore trois quarts d'heure à tenir. Dans le premier café qui ouvre, j'achète des cigarettes, les Gauloises brunes filtre que je me suis mise à fumer. Et puis, j'attends. Depuis le quai, je regarde sans la voir l'eau qui coule. La Seine est gonflée des pluies torrentielles de ces dernières semaines, ses berges inondées. Les gens sortent peu à peu. Certains font leur jogging. Je me trouve sur leur chemin, je me plaque contre le parapet qui empêche qu'on tombe dans l'eau comme si je cherchais à disparaître, à raser les murs, à ce qu'on m'oublie.

Il marche vers moi. J'aperçois mon psy qui arrive. Je comprends alors qu'il n'habite pas ici, chose que je n'avais jamais imaginée. C'est la première fois que je suis si en avance. Le voir faire le code, monter l'escalier derrière lui, lentement, est une torture. Cent fois, j'ai vérifié dans la nuit que mon portable est bien chargé, qu'il ne va pas me trahir, pas me lâcher. Arrivé à son étage, il ouvre du côté des sortants, se retourne et me demande de patienter quelques minutes. À travers la porte, j'entends qu'il farfouille, qu'il déverrouille une alarme. Je guette ses pas, j'attends qu'il m'ouvre, qu'on en finisse avec ce calvaire.

Enfin, il me fait entrer, ne me laisse pas attendre dans le réduit où j'ignore le fauteuil haute époque ainsi que les vieux *Connaissance des arts* que je feuillette certaines fois. J'ai déjà fumé une quantité hallucinante de cigarettes mais j'en rallume une en expédiant la formule de politesse : « Ça vous dérange si… » Nous nous asseyons. Il me fixe par-dessus ses demi-lunes.

« Alors ? » dit-il. Il a à peine le temps de finir que je lui raconte le message, la trouille, l'imminence d'une catastrophe, ma faute. Je remets dans le contexte l'enchaînement des événements, moi à Tokyo, elle dans les Yvelines, les brouilles anciennes, les silences, les accusations, ma culpabilité dont il connaît tout, ma mère qui a menacé les siens, qui a annoncé son geste, mon téléphone qui sonne au Japon, ses mots laissés à des milliers de kilomètres et puis mon oubli catastrophique. Je déballe tout à une vitesse folle car je sais que je suis ici pour quelque chose qui me terrifie et qu'il vaut mieux abréger.

Je lui demande s'il est possible que nous écoutions ensemble son message, afin que je découvre avec lui les dernières paroles de ma mère. « Sinon, sinon, je ne pourrai pas… », je balbutie en pleurant. Il me dit bien sûr. J'ai les mains qui tremblent, tout mon être tremble, je suis à bout de souffle. Je manipule à nouveau mon téléphone avec prudence, je me trouve dans la rubrique « messagerie », puis en le regardant, les yeux pleins de larmes, je lui dis « j'appuie ? », le doigt suspendu au-dessus de l'écran. D'un hochement de tête silencieux, il m'encourage. Il a lui aussi allumé une cigarette qu'il ne fume pas.

« Allô ? Allô, bonjour, c'est maman. Je sais que tu es au Japon. J'espère que je ne te dérange pas. » Il y a un temps de silence qui paraît très long. Son timbre tremble légèrement. Elle reprend. « Je voulais savoir comment tu allais. » Encore une pause qui dure une éternité. Elle poursuit. « Moi, ça va. » Et puis, avant un nouveau temps de réflexion où je crois deviner qu'elle prend sur elle, elle ajoute : « Je t'embrasse. » Et elle raccroche.

Je le fixe sans comprendre. « C'est tout ? » je lui demande. Il ne dit rien. Je regarde mon téléphone, abasourdie. Ce n'est pas possible. C'est si bref. Je lui dis « On peut écouter encore une fois ? Encore une fois ? » Il ne répond toujours rien, me regarde fixement. Alors, je l'écoute encore.

Je suis ahurie. Je ne m'y attendais pas. Je ne pensais pas que ça irait si vite. Il n'y a pas de menaces, pas de sanglots. Elle paraît se contrôler. Elle ne m'accuse pas. Elle me place en dehors de la tragédie à venir, ne veut rien faire peser sur moi même si je le sais, à cette date, elle a déjà annoncé à mon père et à ma sœur qu'elle le ferait. Au fond, cette voix d'outre-tombe, il m'apparaît qu'elle nous délivre, qu'elle me protège, elle semble me dire que je n'appartiens pas à la future violence mortelle qu'elle va mettre en œuvre. Elle m'épargne.

Complètement vidée, j'explique que je vois là une sorte d'écho à ce déjeuner partagé un an plus tôt avec elle. Ce déjeuner auquel j'avais invité ma mère avec une intuition étrange qui m'avait fait penser, je m'en souviens très bien, « avant qu'il ne soit trop tard ».

À ce moment-là, dans l'écho de sa voix que je viens d'écouter, c'est comme si une lente maturation lui avait permis, à travers cet ultime message, de nous laver elle et moi du bourbier de nos culpabilités mutuelles.

Le silence désormais s'installe entre mon psy et moi. Les minutes s'étirent. Il laisse s'imposer la rumeur qui provient du dehors. Nos cigarettes se sont éteintes. Il me fixe. Je suis épuisée, ratatinée.

La tension qui se relâche me tasse sur le divan.

Je le sens qui va prendre la parole. J'appréhende. Je lève les yeux vers lui, rencontre son regard par-dessus ses demi-lunes.

Il dit « Vous voyez, vous étiez aimée ».

À A.-M.

Cet ouvrage a été mis en page par IGP-CP
à l'Isle-d'Espagnac (16)

CET OUVRAGE
A ÉTÉ ACHEVÉ D'IMPRIMER
SUR ROTO-PAGE
PAR L'IMPRIMERIE FLOCH
À MAYENNE EN NOVEMBRE 2022

N° d'édition : 546959-0. N° d'impression : 101432
Dépôt légal : janvier 2023
Imprimé en France